少年陰陽師
しょうねん　おんみょうじ

少年陰陽師 叁拾玖

妖花之塚

うごもつ蔽に捧げもて

結城光流—著　涂愫芸—譯

重要人物介紹

藤原彰子

左大臣藤原道長家的大千金，擁有強大的靈力。現在改名叫藤花。

小怪

昌浩的最好搭檔，長相可愛，嘴巴卻很毒，態度也很高傲，面臨危機時便會展露出神將本色。

安倍昌浩

十七歲的半吊子陰陽師。父親是安倍吉昌，母親是露樹。最討厭的話是「那個晴明的孫子?!」

六合

十二神將之一的木將，個性沉默寡言。

紅蓮

十二神將的火將騰蛇，化身成小怪跟著昌浩。

爺爺(安倍晴明)

大陰陽師。會用離魂術回到二十多歲的模樣。

朱雀

十二神將之一，是天一的戀人。

天一

十二神將之一，暱稱是「天貴」。

勾陣

十二神將之一，通天力量僅次於紅蓮。

太陰

十二神將之一的風將，個性和嘴巴都很好強。

玄武

十二神將之一，乍看是個冷靜、沉著的水將。

青龍

十二神將之一，從以前就敵視紅蓮。

脩子

內親王，因神詔滯留伊勢。

安倍昌親

昌浩的二哥，是陰陽寮的天文生。

安倍成親

昌浩的大哥，是曆博士。

天空

十二神將之一的土將，是十二神將的首領，雖然眼盲，但內心澄明。

風音

道反大神的愛女。以前她曾想殺了晴明，現在則竭盡全力幫助昌浩。

藤原敏次

陰陽生，在陰陽寮裡是昌浩的前輩，個性認真，做事嚴謹。

被那些花掩埋的，是同胞的屍骸。

1

綻放紫色花朵的樹的樹根下，密密麻麻黏著膠般的黑影。

定睛仔細看，是很多張沙粒般的小臉，化成了無數的邪念。

臉。

臉。

臉。

臉。

臉。

嘴巴吧嗒吧嗒張合，像舔舐地面般連綿延伸，波動起伏。

它們都把眼睛睜得斗大，連眨都忘了眨，看著直衝天際的火柱瞬間消失。

血從閃爍著淡淡銀光的刀尖滴落。

數千、數萬張小小的黑臉，眼睛眨也不眨地凝視著倒下來的身影。

黑色雙眸在黑臉上發亮。嘈雜聲如波浪般擴散開來。

看著倒在地上的同袍，神將們不發一語。

在他們的注視中，花瓣紛飛飄落在逐漸冰冷的指尖上。

是淡紫色的花瓣。

掩埋了尖銳的爪子；掩埋了閉上的雙眼。

淡淡的紫色蓋住了慢慢滲出來的鮮紅血漬。

確定同袍不動了，朱雀揮一下火焰之刃，甩掉刀尖的血滴，毫不遲疑地轉身離去。

「青龍，快去追屍和咲光映。」

表情嚴峻的青龍，看也不看倒地不起的同袍一眼，回頭望向站在巨樹旁的老人。

被火纏身處處燒傷的太陰，抓起燒焦、發臭的頭髮，輕輕扯斷受傷的髮梢。

鹹鹹的淚水從臉頰滑落。她用燙傷的手背，擦拭被煙燻出來的淚水，甩甩頭，像是要甩去皮膚緊繃、滲出血來的疼痛。

「太陰，妳還好吧？」

外型年幼的神將點點頭，不由得瞥老人一眼。

她以為晴明會對她說：「給我看看。」

然後，她就要回嘴說：

「這點傷算不了什麼，你怎麼老是這麼愛操煩呢？」

即使她說不需要，晴明也會對她施法。儘管她說靠神氣很快就會復元，晴明也絕不會聽她的，還是會唸治癒的咒語，希望她趕快好起來。

一直以來都是這樣。

在太陰的視線前方，老人看著太陰。

「晴……」

老人對閃爍著一絲希望的眼眸微微一笑。

「妳不會受那麼一點傷就喊痛吧？十二神將太陰。」

太陰的心都涼了。青龍挑起了一邊眉毛，朱雀的眼睛泛起厲色。

「當然啦，這點傷不算什麼。」

聽到太陰的回答，青龍臉上浮現惱色。

朱雀握著刀柄的手指，湧出不自然的力量。

怎麼可能不算什麼呢。

太陰很快從老人身上別開了視線。

筋疲力盡的她，看起來沒事，其實連那樣站著都很勉強。

臉、手、手背都火辣辣地疼痛。衣服到處都被燒焦了，仔細一看，鈴鐺腳環也不見了。因為耐不住火燒，碎裂了。

幸好腳環成為替身，太陰才沒變成腳環那樣。若沒有腳環，現在不知道怎麼樣了。

即使靠神氣抵擋，頭髮和衣服還是燒焦了，飾品也碎裂了。

騰蛇的火焰就是這麼強大。

他會鎖定太陰，是因為三名同袍中，太陰的力量最弱。朱雀再晚來一步，太陰就會被燒得更慘。

想起變成深紅色的熾烈雙眸，太陰的身體顫抖了一下。

她想看淡紫色花瓣飄落在騰蛇身上的模樣，身體卻不聽使喚，動也不能動。

眼角餘光看到從同袍傷口流出來的鮮血。花瓣如雪片般無聲地堆積，逐漸掩埋了鮮血。

老人把手搭在尸櫻上。

「去把咲光映帶來尸櫻這裡。」

臉色僵滯的神將們凝視著老人。

「──」

老人緩緩望向接到命令卻文風不動的神將們。

神將們清楚看見，在他眼底搖曳的灰白火焰。逐漸增強的火焰，纏繞著老人緩緩攀升的模樣，在神將腦海中浮現。

那是不久的將來的光景。

吹起了風。

樹枝颯颯搖曳，綻放的花朵如暴風雪般飛舞。

老人對飄舞的花瓣說著什麼。

花瓣逐漸含帶妖氣。黑臉們屏住氣息，默默看著。

淡紫色花瓣很快吞噬了老人的身影。神將們沒看到最後，便轉身離開了。

老人從頭到尾，都沒有看被同袍的刀砍死的神將一眼。

花朵飄舞。花朵散落。

淡紫色花朵如點燃的燈火，在漆黑中啵地浮現，飛散的花瓣如雪片般飄落堆積。

龜裂的地面、折斷的樹枝、傾倒的樹幹、燒焦的花瓣、飛濺的血跡。

所有一切都被淡紫色花瓣覆蓋、掩埋。

幾張臉動了起來，沉默的邪念也被牽引，動了起來。

沒多久，幾千、幾萬張臉匯聚的黑影，窸窸窣窣地湧向隆起成人形的淡紫色堆積層。

◊　◊　◊

以前，件宣告過好幾個預言。

『剛才出生的嬰兒，將會奪走你的一切。』

『不但會奪走你的一切，最後還會要你的命。』

『你將失去所有、被奪走一切。』

『那個女孩會奪走你的命，也會奪走那個即將誕生的生命。』

『——你將會喪命。』

『你將會喪命，死於所愛的人之手。』

『而你所愛的人。』

『也將會喪命，死於你之手——』

預言一定會應驗。

『火焰之花將消失於同袍之手——』

件的預言一定會應驗。

◊ ◊ ◊

呸鏘。

在比黑暗更慘澹的昏暗中，水面大大搖曳。

道具般的臉冷冷嗤笑起來，然後左右搖晃傾倒。

異形濺起飛沫，沉入沼澤裡。

牛的身體，人的臉。

說出來的話，是束縛、撕碎、侵蝕人心的毒藥。

件。

它的預言一定會應驗。說完預言，這個妖怪就斷氣了。

「唔……」

視野晃悠搖擺。

有人抓住了他的手臂。

「振作點，昌浩。」

斥責聲沉著卻犀利。受到打擊，大腦一片空白的昌浩，當場被喚醒了。

他轉移視線，看到遍體鱗傷、額頭出血、左眼張不開的十二神將勾陣，正瞪視著件沉沒的水面。

原本抱著少年的她，現在手抓著昌浩的手臂。她白皙的脖子上，留下好幾處為了剝開緊貼的花瓣而用指甲抓過的痕跡。

一定很痛吧？昌浩呆呆想著。

視野角落閃過少年的身影，少年跑向了從昌浩手中滑落的少女。

昌浩又把視線拉回水面。

件消失在水底，顏色如漆般的沼澤平靜下來了。

他發現黑亮如鏡子的水面，突然浮出白色的東西。

「那是……」
他不由得往前走。
映在搖曳的水面上的孩子，身材嬌小、四肢瘦弱、穿著白衣、頭髮烏黑、緊閉著眼睛。
雖然成長了許多，但昌浩還記得那張臉。
「梓……？」
那是二哥昌親的女兒。今年正月剛滿六歲，但食量小，身體又不好，看起來比實際年齡小。
「那孩子是……」
昌浩轉向微弱的低喃聲。
穿著白色衣服的少女，雙手摀住嘴巴，臉色發白。在她身旁的少年，緊靠著她，撐住她的身體，緊閉雙唇瞪著水面。
昌浩想起來了。
在遇見他們兩人之前，腦中曾浮現一個光景。
揹著失蹤的梓的少年，與少女在黑暗中奔馳。他們不知道如何撬開了黑暗，把梓放在盛開的櫻花樹下。

那棵櫻花樹，應該就是皇宮櫻花樹的母樹。是昌浩好不容清除了邪念，以防染上魔性的老樹。

「尸櫻……還對那孩子……」

「什麼意思？」

昌浩發出連自己都感到驚訝的嚴厲聲音。

少女受到驚嚇，肩膀抖動起來。

「妳說的尸櫻是……」

逼近的昌浩，被少年擋住了。

「不准靠近咲光映！」

少年的聲音還充滿稚氣，用熾烈的眼神瞪著昌浩，宛如全身的毛都倒豎起來的小野獸。

昌浩還沒開口，咲光映就按住少年的手說：

「別這樣，屍……」

屍很不情願地聽從幾乎聽不見聲音的懇求，又狠狠瞪昌浩一眼，但什麼也沒說就退下了。

昌浩盡可能保持冷靜說：

「映在水面上的小女孩怎麼了？」

「她……」

咲光映眼神飄忽，欲言又止。

焦慮的昌浩忍不住想提高聲調，被勾陣制止了。

勾陣擋在眼前的手，遮蔽了昌浩的視野。昌浩猛地吸口氣，克制自己。不這麼做的話，他恐怕會抓住咲光映的肩膀用力搖晃。

又把咲光映擋在背後的屍，用刺人的眼神盯著昌浩，替咲光映回答。

「那孩子被尸櫻魅惑了。那棵樹會吃下有生命的東西……靠這樣開花開了幾百年、幾千年。」

昌浩的胸口蹦跳起來。

被魅惑的人會被吃掉。那麼，總不會……

「總不會……爺爺也……？」

屍和咲光映都沒有回答。

昌浩按著胸口，無法呼吸。

那麼，那是祖父的屍骸嗎？尸櫻吃了他，把他占為己有了嗎？所以這裡才會充斥著酷似祖父的妖氣嗎？

怎麼會發生這種事？有神將陪在他身旁，為什麼保護不了他？他們陪著他究竟是為了什麼？

自己為什麼送走了祖父？

種種情緒捲起了漩渦。

昌浩忍不住用雙手掩住了臉。

為什麼沒注意徵兆？為什麼沒注意那個夢、那個失物之相？

又發生跟四年前完全一樣的事，被拆散了。

再見到面時，閃過「總不會」的疑慮。但這次跟那次不一樣，紅蓮很正常，所以他鬆了一口氣，心想：「啊，沒事。」

因為他寧可相信，不會發生一模一樣的事。

是昌浩的推測太樂觀、太大意了，還有希望不要變成那樣的迫切心情，讓件的預言成真了。

明明知道預言勢必會應驗，應該在件說話前就封住它的嘴巴。

昌浩努力撐住差點彎下來的膝蓋，難過地叫喊：

「爺爺……紅蓮……！」

響起呸鏘水聲。

昌浩被突然迸射的神氣煽得站不穩。

「?!」

扭頭一看，站在沼邊的勾陣高高舉起了拔出來的筆架叉。

武器朝件消失的水面劈下去，被注入的通天力量狂流，劃破沼澤，轟隆聲遠遠傳到彼岸，橫越沼澤而過。

濺起的飛沫襲向了昌浩和屍。

這時候，企圖悄悄接近他們的黑色東西，滑溜溜地跑掉了。定睛仔細看，會發現像黑膠般黏稠的東西，是無數張臉的集合體。

那些會將生氣連根拔除的邪念，不知何時包圍了他們。

昌浩恍惚地低聲叫喊：

「勾陣……」

扭頭往後看的神將，將武器插回腰間，嚴肅地說：

「那是晴明。」

「咦？」

勾陣邊觀察周遭狀況，邊走回昌浩身邊。

「如果是不幸被尸櫻吞噬的傀儡，青龍他們不可能聽命行事。」

昌浩倒抽一口氣，勾陣又接著說：

「還有，如果真如件所說，騰蛇已經死了……」

勾陣緊緊握起了左手，昌浩隱約看見她的手臂上有被什麼細小東西貫穿的傷痕。

顏色很淡，平常不會引起注意，似乎只有在體溫上升時才會浮現。

「那麼，我會有感覺。」

同袍死亡時，他們一定會有感應，如貫穿、刨挖身體般的強烈衝擊會襲向他們，勾陣曾經歷過一次。

所以她知道。

「騰蛇還活著。」

聽見她這麼斷言，瞠目結舌的昌浩，臉霎時亮了起來。

然而，勾陣的表情還是很僵硬。

「但是……可以確定神氣消失了……不知道出了什麼事。」

她的聲音沉重得可怕。

昌浩的心臟怦怦狂跳。

件的預言。

——火焰之花將消失於同袍之手。

「同袍之手……」

紅蓮的神氣消失了。

那麼，動手的人是身為同袍的十二神將嗎？

如果預言沒錯，就是這麼回事。

「……！」

昌浩回頭望向來時的路。

他想往回走。他想馬上往回走，去找紅蓮、去確認祖父發生了什麼事。

然而，他用力握起顫抖的手指，甩甩頭，轉向了孩子們。

「尸櫻在追你們吧？」

突然被問起這件事，咲光映的肩膀大大顫動。屍替顫抖的她回答：

「沒錯……但我不會把她交出去。」

「屍。」

咲光映露出難過的表情，少年堅定地對她點點頭。

「放心，咲光映，我會保護妳，一定會。」

屍握起咲光映的手，把決心告訴她。眼眸波光搖曳的少女看著屍，想擠出笑容，但擠不出來。

「……嗯……」

忽然，咲光映倒吸一口氣，環顧四周。

「……來了……」

昌浩也察覺了。

有東西像波浪般窸窸窣窣地逼近。

剛才被勾陣清除的邪念，又湧向了他們。

昌浩與勾陣互看一眼，點個頭催促他們兩人：「快走。」

招來屍骸的櫻花，會帶來死亡。那股邪念會奪走所有的生氣。被吸光了生氣，生物就會死亡。所以，尸櫻周圍都是蠢蠢欲動的邪念。

想到這裡，昌浩發覺不對，又重新思考。祖父不是說過嗎？是樹木枯萎招來死亡，邪念才會聚集到尸櫻附近。

他們應該脫離尸櫻森林了。可是，昌浩不知道這是哪裡？該循著什麼目標前進？

這裡是尸櫻創造出來的空間？還是跟十二神將誕生的異界一樣，是與人界重疊但原本不會有交集的世界之一？

會不會是祖父在人界失蹤的這幾天，與這裡流逝的時間有差距呢？所以發生了無法挽回那個差距的狀況。若是這樣，該怎麼辦？

越想越混亂。不知道正確狀況，光是心急，只會往不好的方向去想。

「昌浩，冷靜點。」

被低聲斥責的昌浩，屏住了氣息。勾陣的眼神十分嚴肅。

「我知道要你不慌亂很難，但陰陽師怎麼可以亂成這樣。」

昌浩這才發覺，自己的呼吸非常急促，於是有意識地做了個深呼吸。

他努力做到緩慢呼吸，保有自己的意志。

在度過三年的播磨，他的武術老師夕霧最重視的就是貫徹這件事。

技術學得再多，心志不成熟還是會給人可乘之機。所以，很多時間都花在鍛鍊心志的修行上。

偷偷看著昌浩和勾陣的咲光映，畏畏縮縮地開口說：

「有座森林沒有染上魔性，那裡……」

「咲光映！」

屍吊起了眉梢，但咲光映還是蜷縮著身體說：

「不知道為什麼，那個黑影好像不能進去那裡……可能可以休息一下。」

聽得出來，她是關心腳步有些踉蹌的昌浩，還有遍體鱗傷的勾陣。

「真的嗎？」

為了謹慎起見，昌浩向他們確認，屍板著臉說：

「可是……那裡……」

「屍？」

看到咲光映疑惑的眼神，屍咬緊嘴唇，別開視線，很不情願地說：

「那些傢伙進不了那裡……可是停留太久會有危險。那東西……會吸食生氣。被吸食了生氣，氣就會枯竭。」

昌浩與勾陣視線交會。沒錯，被邪念覆蓋，原本安全無事的森林，也很快就會枯萎了。

「可是，現在應該還好。屍，去那座森林吧。」

「知道了……」

被少女催促的少年，終於屈服了。但只是嘴巴同意了，臉色還是很難看。

昌浩暗自思考。

雖然不知道能撐多久，但可以稍微休息恢復體力的話，還是希望他們可以帶路去那裡。

況且，變成敵人的十二神將們也會追上來。不管怎麼樣，都不能在同一個地方停留太久。

「那座森林在哪裡？」

咲光映的眼睛好像微微亮了起來。

「那邊。」

確定方向的昌浩，制止要走到前面的少女，自己往前走。

咲光映和屍看著昌浩的背影，跟在他後面。

昌浩邊注意周遭，邊往前走。

他動不動就會分心，想起祖父和紅蓮的事。這時候，他會斥責自己，再把心思再拉回來。

無限延伸的黑暗，充斥著沉重的靜寂。時而吹過一陣風，除此之外，只有他們的呼吸聲、衣服摩擦聲、腳步聲。

由於好奇，昌浩扭頭往後望向孩子們，看到兩人牽著手，啞然失笑。

他突然覺得，他們很像以前的他和她。

咲光映跟那時候的她年紀相仿。

看起來年紀跟咲光映差不多的屍，比她高一點，穿著老舊、處處磨破的狩衣，把留到背部的頭髮紮在脖子後面，讓昌浩想起剛行元服之禮時的自己。

屍說過的話，更讓昌浩把他們跟自己重疊在一起。

——我會保護妳。

無論如何，我都會保護妳。儘管再也不能有所期待地伸出手來。

昌浩緊閉嘴唇，把視線拉回前進的道路。

但是，如果像這樣牽起她的手，拋開一切逃走的話，會是怎麼樣的未來呢？

或許在這裡，昌浩看到了他沒選擇的那條路的結果。

明知道想這些也沒用，心中還是掠過這樣的思緒。

殿後的勾陣，邊注意可能逼近的邪念，也邊在大腦的角落思索著。

既然十二神將會聽從命令，那麼，那就是安倍晴明。可是，晴明為什麼要追他們兩人？

與少女相依偎的少年，牽著少女的手。兩人明明像人類，卻給人哪裡不太對勁的感覺。

晴明追捕他們的理由是什麼？因為尸櫻在追他們嗎？那麼，晴明為什麼要聽命於尸櫻？

同袍們又為什麼要聽命於這樣的晴明？

太陰的吶喊聲在耳邊響起。

——不要阻撓我們！

除了慘叫般的吶喊聲，還有清澄的鈴鐺聲。
「……！」
咬住嘴唇的勾陣，聽到矜持的聲音。
「呃……」
她無言地扭過頭，看到咲光映把一塊布遞給了她。少女穿的衣服，原本完好無缺，現在袖子卻裂開了，勾陣不解地歪起了脖子。
咲光映顯得有些猶豫，片刻後下定決心般，把手中的布靠向勾陣的臉。
勾陣發現她是要幫自己擦傷口，委婉地接過了她手中的布。
「謝謝……」
咲光映喘口氣，總算安心了。屍按住她的肩膀，把她溫柔地拉回來，嚴厲的眼神似乎在告訴他們，盡量不想讓她靠近他們。
勾陣悄悄嘆口氣，沒讓任何人發現。
只要注入神氣，就能止血。她沒那麼做，是因為生氣被邪念奪走了。現在動用神氣去治療不會危急生命的傷口，可能會沒力氣行動。
雖然流著血，但傷口很淺。其他地方的傷口也一樣。幸好不怎麼痛，就放著不管了。
但是，咲光映看到血流不止，一定覺得很痛吧，蒼白的臉上流露著憂慮。

「——」

但願那份關心是真的。

勾陣望著兩人的背影的眼神，冷冽清澈。接著，她把視線轉向了走在前頭的昌浩。

昌浩心中的忐忑不安，遠超過他自己的想像。儘管他極力保持平常心，狀態卻像走在凍結的深水湖面的薄冰上，一點小事就可能輕易破壞平衡。

勾陣擦拭額頭和臉頰。因為血快乾了，所以一擦就掉了。

原本可以用水沖掉，但她不想碰那攤沼澤的水。或是等完全乾了，也可能會自己掉下來。流進左眼裡的血，只能等著被眼淚沖出來。

弄髒的布該怎麼處理呢？勾陣有些煩惱。帶著走會礙手礙腳，隨便扔又等於是洩漏自己的足跡給敵人知道。況且，血是生氣的凝聚，會成為招來邪念的誘餌。

這種時候，若是小怪在，就可以叫它燒掉了。

真是的，需要你時，你卻不在，這可是嚴重的怠忽職守。

不管你是瀕臨死亡或重傷，只要活著回來，就可以讓我稍微平靜下來啊。

你這個大笨蛋，到底在做什麼？

「……」

勾陣無意識地握緊了染成紅色的布。

這時，默默看著勾陣的屍伸出了手。
勾陣訝異地皺起眉頭，覺得他是在示意自己把布交給他。
為什麼呢？勾陣對他產生了戒心，但染血的布還是被他半掠奪似地搶走了。
「會礙著妳吧？」
屍簡短地對回應她，把布粗魯地揣進懷裡，對咲光映點點頭。
孩子們轉過身去，沒再說什麼。
勾陣扭頭往後看。沉重的黑暗連綿不絕。目前沒有人追上來。
消失無蹤的神氣的主人，也沒有出現。
勾陣甩甩頭。
一直閉著的左眼，終於可以張開了。異物被淚水沖了出來，沿著臉頰滑落的紅色液體，帶著血腥味。

2

走了很長一段路後，看似無限延伸的黑暗中斷了，櫻花森林朦朧地浮現在昌浩他們眼前。

那片森林坐落在丘陵上。沿著沒有路的路走到這裡，一直都是平地，到有樹木的地方，才變成徐緩的斜坡。櫻花顏色的柔和稜線連綿不斷，昌浩看出這座森林的深度比想像中深很多。

沒有風，粉紅色的花瓣卻紛飛飄散，丘陵的地面宛如鋪著一層花瓣。

昌浩又毅然踏出一度停止的步伐。他覺得呼吸變得凌亂，額頭冒出涔涔汗水，趕緊趁孩子們不注意時，用袖子把汗水擦乾。

早就沒有時間的感覺了。彷彿經過了很久，又彷彿實際上沒那麼久。

然而，昌浩卻疲憊到自己都覺得驚訝。

不仔細看幾乎看不出坡度的斜坡延伸的森林，走到很裡面時，有片樹木中斷的空地。

那片空地在樹林間形成一個小小的平原。

面積跟安倍家的庭院差不多，地面平坦，沒有岩石或倒木。仔細看，連一根草都沒有，可能是被風吹過來的花瓣覆蓋，整片都是粉紅色。

剛才一路上，櫻花枝葉都像屋頂般遮住上方，所以現在能看到天空，即使是黑的，還是覺得鬆了一口氣。

不只昌浩，孩子們和勾陣也都是類似的表情。

昌浩癱坐在櫻花盛開的櫻花樹下，深深吐出一口氣。

放眼望去，四周都是櫻花，昌浩不禁想起粉紅色花瓣飄舞的模樣。

然後，他終於明白了。會搞得這麼疲憊，是因為與神將之間的衝突、無法相信的事實所帶來的打擊，以及件的預言。而且，除了被那些事打倒外，還被邪念奪走了大半的生氣。

「我想……這裡應該暫時不會有危險。」

昌浩對關心他的咲光映勉強擠出僵硬的笑容說：

「嗯……謝謝。」

少女搖搖頭，板著臉的少年緊緊依偎在她身旁，眼神放射出刺人的光芒，所以昌浩微微縮起了肩膀。

「咲光映，去那邊。」

屍完全無法安心，要把咲光映帶去遠離昌浩和勾陣的地方。

這座森林現在沒事，但樹木還是隨時可能枯萎。邪念正如膠狀物般，舔舐地面無聲地逼近，不能掉以輕心。

即使知道是這樣，疲倦的身體還是會使知覺變得遲鈍。每次呼吸，都會湧上疲憊的感覺。

櫻花在黑暗中朦朧浮現。昌浩腦中忽然閃過「櫻雲」這句話。

粉紅色的花，如雲霞如霧靄，漫無止境地延伸。不冷不熱的風吹過臉頰，感覺很舒服。

美得像夢境。沒錯，櫻花會奪走目光、奪走人心。美得令人屏息。

「……」

那個晚上也是這樣，好想永遠永遠注視著櫻花。

昌浩背靠著附近的櫻花樹，呼地喘口氣。他真的、真的好累。

現在沒辦法思考。浮現腦海的全是壞事。心靈都快被摧毀了。

茫然望著櫻花的昌浩，察覺近似殺氣的視線，吃力地轉動眼珠子。

是屍。在遠離這裡的地方，咲光映背靠櫻花樹閉著眼睛，屍站在她旁邊，注視著這裡。

昌浩啞然失笑。

「真是敗給他了，小怪……」

喃喃說完，他忽地屏住了氣息。

對了，現在小怪不在身旁。平時養成的習慣，讓他很自然地對它說話。

胸口怦怦亂跳，手腳末梢逐漸發冷。

勾陣說他還活著，只是神氣消失了。

昌浩猛眨著眼睛，視線呆滯地徘徊。不知何時站在他旁邊的勾陣說：

「稍微休息一下，昌浩。」

「可是，那東西可能會來。」

咲光映說膠狀物般的黑色邪念進不來這裡，但昌浩不敢確定。以前沒進來過，並不代表以後也不會進來。

勾陣把手肘靠在跟昌浩同一棵樹上，用另一隻手握著腰上的武器，搖搖頭嘆口氣說：

「我會看著，有什麼異狀就告訴你，不過，你也會察覺吧。」

「會嗎……」

不會吧？都這麼疲憊了。身體好久沒這麼沉重過了。

「若是危急到性命，即使不想察覺也會察覺。」勾陣嘆著氣說：「而且，那小子回來時，看到你這種表情，一定會罵我。」

聽到這句話，昌浩眨眨眼睛，不由得抬頭看勾陣。

倚靠樹幹看著他的勾陣的表情，令他倒吸了一口氣。

土將勾陣是四名鬥將中的一點紅。在十二神將中，通天力量排名第二。昌浩非常清楚她有多強勁。

這般強勁的勾陣，如此疲憊的表情，他還是第一次看到。

昌浩這時候才想到。

被黑膠般的邪念奪走生氣、看見祖父的驟變、被神將們毫不留情的攻擊、聽見一定會應驗的件的預言，最後連紅蓮的神氣都消失了。

這些打擊，光一件就很嚴重了，現在接二連三地襲來，怎麼可能不被擊倒。

然而，勾陣卻說她會防守，叫昌浩放心休息。

勾陣的主人是安倍晴明，他只是晴明的孫子。

不管勾陣怎麼幫他、怎麼保護他，甚至選擇留在他身邊，他都只是勾陣的主人的孫子。

對勾陣來說，昌浩不是主人或任何人，現在她也沒有義務跟著昌浩。

她大可把昌浩丟在這裡。

勾陣真正的心聲，一定是想去調查主人出現異狀的原因，或直接去逼問同袍，不惜動用武力也要阻止這件事。

因為對昌浩、對勾陣而言，晴明與神將們的舉動，都只能稱為暴行。

不管昌浩怎麼看，咲光映和屍都是人類。起碼不是妖怪，因為沒有一絲妖氣，但有種奇怪的感覺。言語無法形容的直覺告訴昌浩，他們跟自己不一樣。

但是，只要無法證明他們不是人類，神將傷害他們，就是觸犯天條。

祖父當然知道，卻對神將們下了命令。

——把屍和咲光映帶來。咲光映要活捉，屍不論死活。

冷酷的語氣不帶絲毫情感。那是昌浩熟悉的祖父的聲音，卻像出自不認識的某人的口中。

那不是爺爺！

昌浩拚命吞下已經衝到喉嚨的吶喊。

意外的是勾陣也跟昌浩想著同樣的事。

握著筆架叉的手用力過度。

那個晴明！

「……！」

勾陣不自覺地咬住了嘴唇。

十二神將跟隨安倍晴明將近六十年了。這期間，那個男人曾經下令要他們做觸犯天條的事嗎？

現在聽起來或許是像笑話，當初剛跟隨晴明時，主從之間的關係簡直惡劣到極點。甚至在那時候，晴明都沒有強迫他們做過那種事。

儘管如此，勾陣還是沒去晴明那裡，而是留在昌浩身旁，賦予自己徹底保護昌浩的使命。

——快走！

那個絕不回頭的背影，將昌浩託付給了她。

「勾陣……我……」

看到昌浩欲言又止的眼神，勾陣搖搖頭，仰起臉，離開了樹幹。她轉身向前走，扭頭向後淡淡笑著說：

「我沒有你想像中那麼脆弱，昌浩。」

昌浩看著她的背影，啞口無言地垂下頭。

很久以前，他的身高就超越了勾陣，肩膀也比瘦弱的她更寬闊了。

然而，鬥將中一點紅的背影，卻跟小時候初次見到她時一樣，看起來比自己大多了。

◇　◇　◇

『……不……』

有個聲音。

『……不可……以……』

黑暗深處有個僵硬的聲音。

穿著上古時代衣服的女性，在遠處浮現。

『……不……可以……』

問「什麼不可以？」的自己的聲音，聽起來好遙遠。

女性的身影逐漸遠去。

『……不……可……以……那……』

◇ ◇ ◇

有東西碰到臉頰，昌浩猛然張開了眼睛。

「啊……」

不覺中昏迷了。

不知道什麼碰到自己的昌浩，看到狩衣肩膀上有幾枚花瓣，確定就是花瓣。

接近白色的粉紅色花朵，飄浮在黑暗中。已經適應黑暗的眼睛，光靠那些花朵就覺得很亮了。

但為了謹慎起見，他還是替自己施加了暗視術。邊施法，邊透過衣服摸索胸口一帶，確定香包和道反勾玉都在。他經常會下意識地這麼做。雖然香氣早已蕩然無存，但香包是他的護身符。少了勾玉，他什麼都看不見。

昌浩環顧四周。

咲光映還是坐在原來的地方，閉著眼睛。應該陪在她身旁的屍不見了。

「跑哪去了……」

正要站起來時，看到屍從其他樹木後面走出來，昌浩才安下心來。

響起從飄落堆積覆蓋地面的花瓣上走過的聲音，是勾陣向他走過來。

森林十分靜謐，偶爾吹過的風舒適宜人，櫻雲還是那麼美麗。

昌浩覺得身體比較輕盈了。自己究竟昏迷了多久呢？他心想應該沒多久，但對自己的感覺沒有把握。

勾陣問站起來的昌浩：

「有休息到嗎？」

「嗯，對不起，光只有我自己休息。」

「我也休息了啊。」

她看起來完全不像休息過，但昌浩還是坦然接受了她的心意。

昌浩甩個頭，眨一下眼睛說：

「對了……」

「怎麼了？」

勾陣偏頭問，昌浩困惑地說：

「我作了那時候的夢。」

「哪時候？」

「嗯，以前在道反聖域時的夢。」

勾陣察覺昌浩正在思考措詞，瞇起眼睛說：

「所以呢？」

說到一半突然打住的昌浩，環顧四周。

從脖子到背脊掠過一陣寒意，全身豎起雞皮疙瘩。

彷彿與此相呼應般，吹起了強風，被扯落的粉紅色花瓣狂亂飛舞。

昌浩回頭看來時的徐緩斜坡。

眼前是飄散的花、如墊褥般鋪滿地面的粉紅色、無數成長的櫻花樹。

這些景象的狹縫間，隱約閃過一個黑影。

「怎麼可能……！」

驚愕大叫的人是咲光映。

扭頭往後看的昌浩，看到臉色發白的咲光映雙手摀住了嘴巴。

站在她旁邊的屍，嚴峻地挑起眉梢。

「這裡也不行了嗎……！」

就在屍牽起咲光映的手時，他腳下的花瓣爆開飛了起來，黑膠像網子般擴散開來，

把少女五花大綁。

咲光映發出不成聲的尖叫，被黑色邪念包住，拖進了花瓣底下。

「咲光映！」

少年的手沒搆到她。噗咚往下沉的少女，被邪念的波浪沖走了。

花瓣堆積的地面波動起伏，配合咲光映拚命掙扎的動作高高隆起。可以看出邪念正快速往森林深處移動。

「還給我！把咲光映還給我！」

昌浩對勾陣使個眼神，拔腿衝刺。留下來的勾陣，從腰帶拔出武器時，藏在花瓣下的黑膠如驚濤駭浪般跳出來。

櫻花逐漸改變顏色，但仍留在樹枝上，從粉紅色變成了茶色。當黑膠爬上來攀附在樹幹、樹枝上時，櫻花便失去了水嫩。轉眼間，樹木枯萎，樹枝發出聲響折斷掉落，樹幹出現龜裂，從根部倒下來。

剛才還絢爛盛開的櫻花樹，一棵接一棵枯死。

在勾陣眼中，爬上樹木的無數張小臉，彷彿張大嘴巴要把生氣吃乾抹淨。

她朝向逼近腳下的邪念波浪揮出了筆架叉。迸射出來的鬥氣，橫向畫出一直線，把湧上來的邪念彈飛出去。

被神氣的保護牆擋住的無數張臉，全都盯著勾陣。滾滾而來的波浪，忽然靜止了。

幾千、幾萬隻眼睛盯著她；幾千、幾萬張嘴吧嗒吧嗒開合。

沒有聲音，但那個動作像波紋般向外擴張，一直延伸到樹木枯死的森林遠方、黑暗的深處。

勾陣不寒而慄。雖然沒有聲音，她卻知道無數張嘴在說什麼。她並不想知道，但還是知道了。

好．想．吃．啊。

從嘴巴說出來的話，一個字一個字都清楚得詭異。那是從死者的遺恨轉化而成的變形怪。

勾陣很快地掃視周遭，確認那東西擴散到哪裡了。他們剛才走過的地方，樹木都枯死了。放眼望去，所有櫻花樹都悲慘地變了顏色，快要倒下來了。

正面迎戰不是聰明的做法。那東西會毫不留情地吸光神將的神氣。只能想辦法阻止它們繼續前進，多少爭取一些時間。

但是，使用通天力量，等於是把他們所在的位置暴露給同袍知道。

她又擔心去追咲光映和屍的昌浩，必須趕快跟他們會合。

步步向後退的勾陣，低聲沉吟。

「該怎麼辦呢……」

無數張盯著勾陣看的臉，突然震顫起來，像退潮般離開了。

沒想到會發生這種事，勾陣瞠目結舌。

「為什麼……」

勾陣滿腦子疑惑，但很慶幸得救了。

往邪念撤退的方向望去，也沒看到折返的動靜。被邪念蹂躪過而處處隆起的地面，因為變色的花朵與泥土混雜，變得斑斑駁駁。枯萎的櫻花樹枝掉下來，發出乾澀的聲響在那上面滾動。

枯死的樹根無法支撐，大櫻花樹接連倒下來。每倒下一棵，沙土和花瓣就會漫天飛揚，地面破一個大洞。

曾經那麼壯觀的森林，剎那間全枯死了。

「太快了……」

勾陣嚴厲地瞇起眼睛。再怎麼想，變形怪的力量都太強大了。被邪念奪去生氣，樹木的確會枯死，可是速度這麼快也太奇怪了。

或許變形怪的力量就是這麼強大吧？可是，總覺得哪裡不對勁。

勾陣甩甩頭。現在沒空去想這些無法理解的事了。神將們說不定會捕捉到剛才的神氣，追上他們。

她必須去跟昌浩會合。

確定邪念沒有再折回來，她便轉身離去。

如果她看過倒下來的櫻花樹下的洞，就會發現裡面有個白色的東西。

但是，她沒有發現。

覆蓋地面的花瓣哆嗦震顫起來。變成深茶色的花瓣，彷彿被吸過去般，紛紛掉進洞裡。

地面上所有的洞，都把花瓣吸進去了。

沒多久，白色的東西被花瓣掩埋成歪七扭八的隆起形狀，緩緩動了起來。

在樹木茂密的森林裡，鋪滿樹根與樹根間的縫隙的花瓣堆積層波動起伏，從下面冒出可怕的氛圍。

昌浩邊跑邊結刀印，快速唸誦咒文。

「其去處不可知，停下步伐，阿比拉嗚坎！」

在花瓣下游移的邪念，猛然停止了動作。

「太好了，生效了。」

但只有剎那間的放鬆，堆積成人形的地方很快又粗暴地蠢動起來。

「咲光映！」

屍衝過去，刨挖花瓣堆積層，把無數的臉一把抓起來捏碎。

黑膠爬到屍要把咲光映拉走的手臂上，從下臂爬到上臂、肩膀，最後纏住他的脖子、身體。

「屍！」

昌浩正要使出除魔術時，從屍身上迸出了強烈的靈力。

「不要阻撓我！」

黏在屍身上的邪念乾枯剝落。屍踩過破裂的黑色碎片，抓住從乾燥如繭的花瓣堆積層中露出來的白皙手臂，使勁地往外拉。

從黑膠裡被救出來的少女，虛弱地閉著眼睛。

「咲光映、咲光映！」

屍緊抱著臉色發白、動也不動的少女，在他四周蠕動的膠又慢慢逼向了他。

少年抱著咲光映，視線掃過周遭。

「快滾，該死的東西……！」

咆哮的屍放射出來的氣，把邪念彈飛出去。但接連不斷迫近的黑色波浪包圍了屍，把屍逼入了絕境。

「嗡阿比拉嗚坎夏拉庫坦！」

震響的真言撼動了屍的耳朵。屍赫然張大眼睛，看到昌浩雙手結印。

「嗡奇利奇利吧沙拉吧吉利、霍拉曼達曼達溫哈塔！」

從四面八方出現的樁子，把邪念釘在原地，化成破邪的波浪。

灰白光芒一掃過地面，充斥現場的邪氣、妖氣就煙消雲散了。堆積的花瓣飛起來，與脫離樹枝的花朵碎片纏繞飛揚。

因恐懼而顫抖的櫻花樹平靜下來，又開始無聲地撒落花朵。

昌浩喘口氣，走到跪著的屍旁邊。

「咲光映怎麼樣了？」

屍兇狠地瞪著昌浩，但想到他剛才救過自己，還是板著臉回他說：

「只是昏過去了。」

昌浩鬆了一口氣說：

「那就好。」

然後他環視周遭，發現已經進入森林深處了。

「你知道這裡大概的位置嗎？」

昌浩很懷疑屍是否會願意回答，不過隨便問問。

沒想到屍抱著咲光映站起來，回道：「不知道。」

昌浩眨了眨眼睛。光是有正面回應，就比剛才進步太多了。

屍試圖抱著身高跟自己差不多的少女跨出步伐，但腕力不夠，差點跪了下來。

昌浩伸出手，捧起了咲光映的身體。

「幹什麼！」

「我只是要抱著她走啊，往哪裡走？」

屍懊惱地咬住嘴唇，看著輕輕鬆鬆抱起少女的昌浩，默默指向前方。昌浩點點頭，抱著咲光映往前走。

屍走到前面，替他們帶路。昌浩看著他下垂的肩膀、有些頹喪的背影，淡淡苦笑起來。

以前他也經歷過同樣的事。

他想抱著昏倒的她走，卻因為力氣不夠，跪了下來。神將看不下去，一把抱起她往前走，那時候他也覺得自己很沒用，懊惱不已。

啊，對了，原來自己在不知不覺中，腕力變強了。現在要抱起當時的她，是輕而易舉的事。
把臉靠在昌浩的肩膀上，閉著眼睛的咲光映體重很輕。逃離尸櫻時，昌浩也抱過她，但那時候沒時間想這種事，所以沒注意到。
透過衣服，可以知道咲光映的體溫非常低。可能是被邪念吞噬，生氣都被吸光了。
最好找個安全的地方讓她躺下來休息，可是會有這種地方嗎？
屍踉踉蹌蹌地往前走。
「要去哪裡？」
昌浩試著詢問前面的背影。
少年頭也不回地說：
「去更裡面，到那些傢伙進不來的地方。」
昌浩不敢期待有更詳細的說明，只回了一聲：「是嗎？」
他扭頭越肩往後看，確認有沒有黑膠的氣息，沒看到邪惡逼近的動靜。
「勾陣……」
本來要接著說她不會有事吧？但昌浩又搖搖頭，心想一定沒事。

走沒多久，四周逐漸變成白茫茫一片。如煙霧的白，越來越白，縮小了視野的範圍。

白色黑暗的濃度逐漸增強，連走在稍前方的屍的背影都快看不見了。

少年停下腳步，抬起頭。昌浩感覺他的背影有些緊繃，疑惑地循著他的視線望過去。

白色煙霧中，隱約聳立著一棵巨樹。

「這是……」

張大眼睛的昌浩，聽見屍的喃喃低語。

「……主。」

「主？」

「我很不想來這裡。」

昌浩正要問他什麼意思，就聽見後面有踩過枝葉的聲響，立即備戰。

但很快就解除了警戒，因為出現在煙霧前的身影非常熟悉。

「勾陣。」

昌浩鬆了一口氣。勾陣對他點個頭，仰望聳立在白色黑暗中的巨樹，瞇起了眼睛。

「櫻花樹……？」

周遭白煙瀰漫，看不清楚全貌。

「屍說是這座森林之主。」

聽到昌浩這麼說，勾陣眨了眨眼睛。

充斥這個地方的空氣，讓她想起了什麼。她似乎接觸過非常相似的空氣。

勾陣在記憶中搜索，昌浩也忽然偏起了頭。

「咦……？」

明明是第一次來這裡，昌浩卻很熟悉煙霧中飄蕩的空氣。這裡之外的某個地方，與這裡神似。

屍回頭面向兩人，以眼神催促他們快走。不出聲是因為顧慮到吠光映呢？還是不想打亂這裡的靜寂呢？

昌浩慌忙邁開腳步。跟在他後面的勾陣，猛然張大了眼睛。

她想起來了。她想起這裡跟哪裡神似，但為什麼呢？

昌浩察覺勾陣屏住了氣息，轉頭往後看。

「勾陣？」

她表情僵硬地開口說：

「昌浩，這裡……」

每前進一步，空氣就越冰涼、越清淨。

「這裡很像道反聖域。」

勾陣出乎意料的話，令昌浩瞠目結舌。他猛然回頭看那棵森林之主，再緊張地環視周遭。雖然白茫茫一片，但屍說過這裡是森林深處，所以周圍應該是樹木林立。

走進這座森林後，沒看到櫻花樹之外的樹，所以周遭應該都是櫻花樹。

尸櫻森林也是這樣，全都是櫻花樹。除此之外的草木，連一根都沒有。沒有陽光，只有無盡黑暗的世界，不知道延伸到哪裡。

儘管模樣不同，但聽到勾陣那麼說，昌浩也覺得很像。

這裡滿溢的空氣，確實跟道反聖域同性質。

正疑惑是怎麼回事時，昌浩的視野搖晃了起來。

「咦……？」

白色煙霧更濃了。昌浩突然覺得手沒有力氣，慌忙蹲下來，以免把咲光映摔下來。

就在放下少女的同時，一陣頭暈目眩，撐不住身體。

昌浩沒辦法抗拒，就那樣倒在厚厚堆積的花瓣上。

視野扭曲搖晃，耳膜深處也嗡嗡鳴響。

不知道發生什麼事，大腦一片混亂時，又有東西咚吵倒地的聲音，接連兩次傳入耳裡。

他強撐著移動視線，在煙霧中隱約看到屍和勾陣也跟他一樣倒下來了。

他把力氣集中到手肘，試著撐起上半身，但很快就沒力了。倒下時的衝力，把花瓣震飛起來。

咲光映、屍、勾陣都動也不動。

本以為是邪念入侵，但感覺不到那樣的氣息或異狀。只有白色霧氣越來越濃烈，宛如白色的黑暗。

粉紅色的花瓣在白色煙霧中飄落。

天旋地轉。生氣從脖子逐漸褪去。身體異樣地沉重。

花被風吹得發出簌簌顫抖的微弱聲響。

彷彿俯瞰著他們的巨樹陰影，聳立在白色的煙霧中。

屍說那是森林之主。那傢伙究竟做了什麼？

「……萬惡…之物……」

昌浩想結刀印，唸誦咒文，但只從喉嚨擠出了這幾個字。

他的意識快速模糊，結印瓦解，右手咚唦掉落在花瓣上。

在煙霧中紛飛飄落的花瓣，靜靜落在趴倒的昌浩的背上。

3

竹三条宮的客人，是在將近傍晚時分來訪。

客人是年幼的主人內親王脩子的舅舅藤原伊周。

去年秋天，伊周被授與從二位的官職，但還不能昇殿①。雖不能成為後盾，但對脩子來說，畢竟是同血脈的舅舅。

跟另一個舅舅隆家一樣，伊周有空就會來竹三条宮關心脩子，是個非常疼愛妹妹遺孤的慈祥舅舅。

每次伊周來訪，脩子都會叫雲居和藤花退下，現場只留下以前服侍定子的侍女們。

這個舅舅喜歡懷舊，動不動就說以前怎樣、怎樣，新來的侍女會讓他有壓力，不好意思提以前的事。

而且，脩子也怕舅舅看到貌似已故定子的藤花，會打什麼主意。

一如往常，跟命婦、侍女們閒聊的伊周，眼睛直盯著竹簾後面的脩子。

脩子疑惑地偏起頭，伊周眯起眼睛對她說：

「公主越來越像母親了……」
脩子眨眨眼睛，雙手托住自己的臉頰。
「像母親……？」
「是的，長得跟小時候的皇后一模一樣，以後一定會跟皇后一樣美麗。」
大概是想起了從前，伊周的眼睛泛著淚光。
他激動地垂下頭，可能是不想被看見自己落淚，他說：「天快黑了，該告辭了。」行個禮就走了。

目送舅舅離開的脩子，想起自己剛回到京城時，舅舅來竹三条宮請安的事。
三年前，脩子從伊勢回來，伊周神情憔悴地來見她。
那時候，脩子原本想跟面對晴明一樣，不要隔著竹簾，直接面對舅舅，但是被命婦委婉地訓誡了一頓。
當時，伊周因為過去的罪行，還沒有復職也不能昇殿。
命婦一臉嚴肅地告訴脩子，那麼親切地接待他，皇上一定會不高興。
舅舅好像是哪裡惹到了父親，脩子不是很清楚。
她只知道舅舅以前犯過罪，母親因此悲嘆不已，但除了這件事外，好像還有其他更重大的原因。

聽說，在她回京城前，發生過蒙冤事件，整個皇宮鬧得沸沸揚揚。父親會狠下心來，這件事好像也是原因之一，但沒有人肯告訴她詳情。

脩子聽命婦的話，放下竹簾面對伊周。很久沒見到脩子的伊周，含著淚說起了母親臨終時的事。

脩子默默聽著。

她在內心喃喃說道：我知道，因為我見到母親最後一面了。

從那次以來，伊周有空就會來看脩子。可能是認為脩子雖然幫不上自己的忙，但還有其他用處吧。

「讓我一個人靜一靜。」

讓侍女退下後，脩子嘆了一口氣。

她比三年前成長了。那時不明白的事，現在都明白了，也會自己思考了。

隔間帷幔前，擺著一張家具類的梳妝台。脩子在台前坐下來，打開鏡盒，拿出鏡子，放在台子上。盯著磨亮的鏡面，看著自己的臉時，從肩膀冒出了一個東西。

「妳在做什麼啊？公主。」

「龍鬼。」

脩子沒被嚇到，叫喚映在鏡子裡的三隻眼蜥蜴。

接著，不知道什麼時候溜進來的猿鬼和獨角鬼，也在脩子左右坐下來。

「伊周回去了，我幫妳叫藤花他們來吧？」

「他動不動就來見公主，應該是很關心公主吧。」

小妖們開朗地說，脩子的眉間卻蒙上了陰霾。

龍鬼察覺她這樣的表情，看著她說：

「嗯？妳怎麼了，公主？」

「伊周大人其實是希望我是皇子。」

「啊？」

三隻小妖張大了眼睛。脩子嘆口氣說：

「如果我是皇子，不是公主，一定有很多事都會改變。所以，他每次看著我的臉時，都會明顯露出那樣的想法。」

每次見面，脩子都會在舅舅的眼睛深處看到那樣的神色。這是無可厚非的事，但有點悲哀。連脩子都不禁要想，自己如果不是公主而是皇子該多好。

獨角鬼爬到脩子的膝上，舉起一隻手發言：

「不可以哦，公主。公主就是公主，假想這樣那樣，都沒有意義。」

「就是啊，嬰兒是男是女，都是神決定的。」

猿鬼合抱雙臂，正經八百地點著頭。龍鬼接著說：

「唯獨這種事，人類再怎麼努力都沒用，所以公主不必為此煩惱。」

『所言甚是！』

這次是來自橫樑上的聲音。

脩子和小妖們都驚訝地往上看，一隻漆黑的烏鴉擺出橫眉豎目的表情。

『內親王之所以生為內親王，是神的安排。內親王必須是內親王，才能完成在這世上的使命。』

啪唦啪唦拍著翅膀飛下來的烏鴉，用翅膀把坐在脩子膝上的獨角鬼轟走。

『喂，還不快讓開！』

被粗暴對待的獨角鬼，嘀嘀咕咕埋怨著，從膝上跳下來。烏鴉飛到清空的膝上，伸出一隻翅膀，撫摸脩子的頭說沒事、沒事。

『內親王很聰明，但不用想那種沒意義的事。』

然後，對小妖們下命令。

『你們在做什麼？還不趕快來個餘興節目，表演給公主看！』

烏鴉大大張開了鳥嘴，小妖們面面相覷。

「餘興節目？」

『沒錯！你們不會跳舞或唱歌助興嗎？』

「我們對那種事……」

「啊，不過，我們知道有人擅長這種事，叫它來吧？」

「它一定很樂意在這裡的屋頂上面跳舞。」

『喂，怎麼可以拜託別人！』

烏鴉怒不可遏，三隻小妖頂嘴說：

「每個人都有擅長與不擅長的事啊，那傢伙就是很會跳舞。」

「就是啊，找個擅長的人來表演，公主也會看得比較開心。」

「放心，我們還可以找樂妖來。」

這時候，穿著侍女服裝的風音來了。

「你們在吵什麼？連寃都加入了……」

被輕輕一瞪，守護妖沮喪地垂下了頭，換脩子撫摸它的頭說沒事、沒事。

「它們都是在安慰我，不要罵它們嘛。」

脩子替它們說情，風音用眼神詢問小妖們：是這樣嗎？

三隻動作一致地點頭。

『是的，公主，內親王胡思亂想，心情不好，所以我叫它們表演餘興節目給內親王看。』

風音從沒想過這種事，張大了眼睛。

「餘興節目啊，那麼做，很可能被其他侍女看出什麼，引發大混亂吧？」

用手托著臉頰的風音這麼喃喃說著，小妖們挺起了胸膛反駁她。

「放心啦，我們不會那麼笨。」

「我們可是妖怪呢。」

「不論我們怎麼跳、怎麼唱，沒有靈視能力的人絕對看不見。」

風音呼地吐口氣，啪啪拍手說：

「好、好，我知道了，這件事下次再說。」

「咦！」

小妖們不滿地嘟起嘴，風音揮動外褂袖子掃過它們，轉頭對脩子說：

「藤花說離晚餐還有一些時間，問妳要不要看圖畫故事？」

脩子的眼睛亮了起來。由美麗的圖畫與書構成的圖畫故事，光看就會興奮起來，心情大好。

「啊，我也想看。」

「我也要。」

「我也要、我也要。」

小妖們舉手叫著我、我、我，風音嘆著氣回應它們：

「乖乖聽話就給你們看。」

她請脩子等一下，走出了主屋，嵬也跟在她後面。

拍振翅膀飛到風音肩上的烏鴉，心情好得不得了。

「怎麼了？嵬。」

『可以這樣跟公主相處，沒有人打攪，我太開心了。』

平時總是隱形守在附近的十二神將六合不在，嵬真的太高興了。

看烏鴉守護妖樂成那樣，風音微瞇著眼睛說：

「你開心，我卻很寂寞呢。不過，我不會對他說。」

這是毫不虛假的真心話。

烏鴉為之語塞，風音微微一笑，走向藤花的房間。

「藤花，公主說想看圖畫故事，正等著妳呢。」

在地上攤開幾本圖畫故事的藤花，盈盈笑著說：

「好，我馬上去。」

她選了一本最適合的，其他收進唐櫃裡，蓋上蓋子站起來，拖著比身高還長的黑髮，走出了房間。

剛來這裡時，曾被命婦訓誡說她的頭髮短得太難看了，所以她就留長了。

風音瞄一眼自己的頭髮。真正的長度只到腰部，以下是假髮。因為她都綁起來，所以命婦沒發現她的頭髮那麼短。

命婦對待藤花的態度，比對風音嚴厲許多。因為她知道不管說什麼，風音都不會有反應。

藤花真的做得很好。風音覺得命婦很可能是本能地察覺到了什麼，才會對藤花那麼兇。

原本，藤花應該會入宮，成為當今皇上的中宮。

皇后定子還在時，命婦是在寢宮當侍女。寢宮很大，但她還是遇見過被稱為藤壺中宮的藤原道長的大千金一、兩次。

晴明對藤花施了法術，所以見到她的人，會看見跟原來面貌不一樣的她。

侍奉脩子好幾年了，藤花的面貌也變成熟了。

小妖們有時會溜進寢宮玩耍，據它們說，以前藤花和中宮長得很像，幾乎難以分辨，但現在沒那麼像了。排在一起仔細看，會發現有點像，但乍看不會覺得像。

儘管如此，命婦似乎還是因為肉眼看不見的某種東西，無意識地對藤花抱著敵意。

藤花沒有錯，命婦也沒有錯。命婦只是由衷傾慕已故的皇后，所以一直沒辦法心平氣和地面對把皇后逼到陰暗角落的藤壺中宮和左大臣道長，並不是討厭藤花本人。

藤花很用心在服侍脩子。對於這一點，命婦也不懷疑。只能這樣慢慢化解兩人之間的隔閡了。

風音停下來，仰望天空。

夜幕就快低垂了。

昨天，六合告訴她，前往吉野的安倍晴明斷了音訊。

還有，安倍成親的妻子病倒了，他的弟弟昌親的女兒也消失了，昌浩趕去了二哥家。

六合告訴她這些事後，就離開了竹三条宮。那之後怎麼樣了，她還不知道。六合沒回來，一定是事情沒什麼進展，或是他也被捲入了什麼麻煩裡。

風音倒是不擔心他的安危。他是十二神將，只要沒什麼重大意外，應該不會有生命危險。

想到這裡，風音忽然緊張地屏住呼吸，走向突出水池的釣殿。

『公主，怎麼了？』

停在肩膀的烏鴉，看她表情緊繃，擔心地張開了鳥喙。

風音把雙手搭在高欄上，垂下了肩膀。

嵬啪唦啪唦拍振翅膀飛到高欄上，收起翅膀，疑惑地歪著頭說：

『這麼憂鬱的表情，不適合妳美麗的臉龐哦，公主。』

看到嵬拚命找話安慰自己，風音苦笑起來，俯視釣殿下那片冰冷的水面。

她想起當時也是在釣殿。

地點是被稱為臨時寢宮的一条院，時間是四年前了。

她以內親王脩子為人質，在臨時寢宮的釣殿，與安倍晴明和神將們對峙。

突然想起這件事，是因為昌浩作了那個夢嗎？

風音很不想回憶當時的事。要當成往事藏在心底，太過沉重，但她知道自己忘不了，也不可以忘。

觸犯了天條的騰蛇，恐怕也是這樣的心情吧。因為了解這種心情，所以他很努力想原諒風音。

沒說「我也要讓妳嘗嘗我的痛苦」的騰蛇，是個溫柔的人，但不知道他自己有沒有這樣的自覺。

「昌浩是陰陽師……陰陽師作的夢都有意義。」

他作了跟四年前同樣的夢，應該是一種徵兆。

有了徵兆後，安倍晴明和他的孫子們都出現了異狀，這一切恐怕有所關聯吧？

風音承諾過會協助昌浩。說不定在這個瞬間，昌浩正需要自己的協助。她很想做些什麼，可是不清楚狀況，貿然採取行動很危險。

她從釣殿環視竹三条宮的庭院一圈。光是釣殿所在的南側庭院，就非常遼闊了。東側、北側的庭院，茂密的樹木沒有枯萎，但顯然比平時沒有精神。

在水池裡游的魚跳起來，水花濺到釣殿。

昌浩呈現的失物之相、花、水滴，不知道意味著什麼，但確實是會失去什麼的暗示，不祥的事正襲向與他相關的親人們。

風音很想替他們承受，隨便一件都行。

「……」

嵬難過地看著風音，突然想起什麼，舉起了一隻翅膀。

『公主。』

「什麼事？」

『我認識安倍昌親啊，我現在就去他家，看看情形。』

嵬似乎很滿意自己的靈光乍現，點個頭，骨碌轉動身體。
『請稍候，我很快就回來了。』
風音目送還來不及阻攔就已經飛上天空的嵬離去，嘆了一口氣。
「我太糟糕了。」
居然要守護妖替自己擔心。
甩甩頭轉換心情的風音，離開釣殿，走向主屋。
在快要消失的夕陽餘暉中，脩子們看著藤花帶來的圖畫故事。
脩子邊聽藤花唸故事，邊睜亮眼睛看著圖畫。
詩歌或故事，不能默默盯著文字看，要唸出聲來。所以每個人都會再三玩味文字的排列、韻味，希望唸出來時，有如演奏優美的樂章。
風音瞇起眼睛，挪動牆邊的燈台，在油燈添足煤油，點燃燈芯。這時兩人才聽到聲音，抬起頭來。
「啊……什麼時候變這麼暗了。」
直到現在才發現的脩子，張大了眼睛，藤花溫柔地對她微微一笑。
「可見公主聽得很出神呢。對不起，公主，我應該早點注意到……」
脩子對道歉的藤花搖搖頭說：

「妳不用道歉啊，藤花，是我應該注意到，因為我是大家的主人。」

一起看圖畫故事的小妖們，聽到她們之間的對話，面面相覷。

「對哦，天暗下來，人類就看不見了呢。」

「在暗的地方看書，眼睛會壞掉吧？」

「真不方便呢，像我們在晚上反而看得更清楚。」

藤花說因為你們是妖怪啊，開心地笑著，脩子也跟著笑了起來。

「對了，」忽然想起什麼的脩子，交握雙手說：「陰陽師有沒有讓晚上也看得見的法術呢？他們都是在晚上打擊妖怪吧？如果有這種法術，晚上就可以看書了，要看多少都行。」

沒想到脩子會提起這種事，藤花張大了眼睛。

把手上的蠟燭拿到燈台點火的風音，望向了天花板的橫樑。

打擊妖怪不一定要在晚上，但陰陽師的確比較常在晚上行動，因為那是妖怪們活動的時間。

猿鬼裝模作樣地合抱雙臂說：

「不是一定會，但陰陽師的確有那樣的法術。」

「沒錯，昌浩從皇宮回家時，天色太暗的話，他就會對自己施法術。」

聽完它們的話，脩子不解地歪著頭說：

「拿火把或蠟燭就行啦，為什麼要使用法術呢？」

「應該是因為用法術比用那些東西快吧？他畢竟是陰陽師啊。」龍鬼回答。

脩子嗯地點點頭，瞇起了眼睛。

「你們都很清楚昌浩的事呢。」

三隻小妖面面相覷，不好意思地笑著說還好啦。

為了讓大家看得更清楚，把燭台放在他們旁邊的風音，看到藤花臉上掠過悵然的神色。

因為藤花沉靜地微笑著，所以脩子沒有察覺。

小妖們很清楚昌浩的事，藤花也一樣。然而，她在這裡幾乎沒有提起過昌浩。有人問起時，她會回應，但從來不會主動提起。

昌浩在播磨時，他們偶爾還會有書信往來。但昌浩回京城後，連這樣的往來都沒有了。

因為昌浩被脩子選中，經常來向脩子請安，所以他們見面的機會變多了。儘管不能隨便交談，又總是隔著竹簾。

他們兩人的情感，連在一旁看的風音都感覺得到。所以，他們自己可能也知道這樣會有危險。

「差不多該吃晚餐了，我去看看。」

風音正要走出主屋時，聽見兩人在她背後的對話。

「還有後續嗎？」

「有啊，明天我再拿來吧……」

發出衣服摩擦聲，走過渡殿的風音，聽見常人聽不見的趴躂趴躂聲，停下了腳步。

從她褲裙下襬探出頭來的是猿鬼。

「欸、欸，」猿鬼扯著褲裙的下襬，把風音拖到渡殿角落說：「最近左大臣好像常常往這裡跑，是想幹什麼呢？」

風音環視周遭。發現有侍女們正彎過拐角往這裡走來，她不露聲色地抓起猿鬼的角，邊跟她們點頭致意邊往前走。

進入房間，把猿鬼放下來，她立刻開罵：「不要突然拉住我嘛！」

「那些侍女又看不見我。」

「我對著什麼也沒有的地方說話，她們會覺得我很奇怪吧？」

猿鬼半瞇起眼睛，瞪著風音，但很快就冷靜下來，回到原來的話題。

「那個左大臣，老是拿些呆頭呆腦的貴族寫的文章來給藤花，到底在打什麼主意？」

風音單腳跪下來，把雙手放在膝蓋上。

那些貴族是不是呆頭呆腦，風音不知道，但她很清楚道長帶文章來的企圖。

「他想把藤花從這裡帶出去，因為他不敢保證公主以後不會與他為敵。」

內親王目前的處境，就像是由道長負責教養，但她弟弟是當今第一皇子。如果道長身為中宮的女兒沒有生下皇子，總有一天脩子的弟弟敦康就會登基即位。

猿鬼滿臉不悅地說：

「什麼啊，結果他也是想利用公主嘛，剛才來的伊周，拚命討公主歡心，也是同樣的目的吧？」

風音訝異地眨眨眼睛。小妖們通常不太關心人類社會發生的事。貴族之間的任何糾紛、爭吵，都與它們無關。對白天睡覺、晚上活動的小妖來說，不管誰飛黃騰達、誰失勢，生活都不會有所改變。即使發生暴動，也只會被它們當成消遣或娛樂來看。

它們大概只注意皇上吧，因為牽扯到皇上，很可能發生驚天動地的事。但頂多也只會想「喂、喂，別搞成那樣嘛！」不會有積極的行動。

然而，猿鬼現在卻忿忿不平。

「你們真的很愛護公主呢。」
猿鬼板起臉，對感嘆的風音說：
「她是個好孩子，當然要愛護她啊，讓她因為人類無聊的算計而悲傷，太可憐了。」
小妖會關心人類到這種程度，令風音驚訝，但它們的解讀似乎不太一樣。
猿鬼憤然抖動肩膀說：
「真正為公主著想的人，根本沒幾個嘛。」
既然猿鬼會對風音說這種話，表示它認為風音也是極少數之一吧？
或許她該高興，可是對方是妖怪，所以風音的心情有點複雜。她畢竟是道反大神的女兒，隸屬於天津神。神與妖怪是兩個極端的存在，被妖怪如此高度評價、友善對待，是很罕見的現象。
猿鬼察覺風音的表情有所懷疑，瞇起眼睛說：
「怎麼了？」
「因為……」
風音老實說出了自己的想法，小妖把嘴巴撇成ㄟ字形說：
「好過分，重要的人對妖怪來說還是很重要啊，同伴遇到麻煩，大家也會合力幫忙

啊。」

「說得也是，抱歉，把你們看扁了。」

「好過分……」

「我說抱歉了嘛。」

「感覺很沒誠意。」

嘮嘮叨叨抱怨的猿鬼，決定以後再計較這件事，又拉回了主題。

「左大臣怎麼會想把藤花帶出去呢？」

步步逼近的小妖，充分展現氣勢。

「我說得沒錯吧？藤花雖是左大臣的女兒，可是被異邦大妖下了詛咒，不能入宮了。現在左大臣有什麼必要那麼做呢？」

風音眨了一下眼睛。小妖們都知道她的身分、知道她原本應該入宮、知道她因為不能入宮而寄住在安倍家。

儘管知道，但事情都過了，所以它們從來不提，也不會告訴脩子。

它們總是看著藤花，珍惜她的當下。

風音用認真的眼神說：

「我認為左大臣是希望她能得到幸福。」

這句話震驚了猿鬼。

「妳在說什麼……藤花現在就很幸福啊。」

雖然有很多事無法稱心如意，只能放棄，然而，藤花把那些事都埋在心底，活在她現在所能選擇的最大幸福裡。

「說得也是。」風音平靜地回應。「可是，左大臣不覺得她現在幸福。」

猿鬼看著風音，眼神充滿懷疑。風音半垂下眼皮說：

「我應該沒說錯吧？她出身高貴，是藤原家族首領的第一千金。按理說，應該可以成為這個國家最高地位的女性，但她卻做不到了。安倍家只是掛車尾的貴族，身分很低，她卻必須寄住在那裡，的確很不幸啊。」

「為什麼？藤花不想要那種幸福啊。」

猿鬼們都很清楚，再怎麼辛苦，她看起來都很滿足。

風音搖搖頭說：

「左大臣並不那麼想。對他來說，女兒的幸福就是入宮、受皇帝寵愛、生下皇子。」

然而，現在不可能實現了。所以，即便比不上最高地位的幸福，他還是想盡可能給女兒最大的幸福。

「所以希望她能嫁給富有的達官貴族，過著不愁吃穿的生活吧。」

姑且不論贊不贊同，風音倒是可以理解道長的心情。

但猿鬼似乎聽不懂她在說什麼。

「不能入宮，不就等於不能結婚嗎？」

左大臣還要替她選乘龍快婿，不是太奇怪了？猿鬼咄咄逼人。

風音推翻它說：「可以結婚啊。」

「咦……」

猿鬼大吃一驚，啞然失言，風音淡然地往下說。

因為妖異的關係，瘴氣在她體內落地生根，成為一生無法消除的咒縛。若沒有陰陽師隨時在身旁保護，瘴氣就會招來異形。

「她不能入宮，是因為身體染上穢氣，失去主持祭典的資格，改變了她成為皇后的命運。所以，左大臣找來她的異母姊妹，代替她入宮。並不是因為她不能結婚，而是因為她失去了資格。」

當時，皇上已經有定子了，以前從來沒有過冊封兩名皇后的例子。

但是，定子曾經出家再還俗，所以給了道長把女兒送進宮的大義名分。

日本是神的國家。曾踏入佛門的定子，不能再擔任祭祀大任，所以促成了需要另立中宮的大義名分，以主持藤原一族的氏神祭典。

風音聽晴明說過詳細內容。他們也曾經策劃過，試著找出辦法，看能不能除去深入她體內的妖異的詛咒。

結果不行。詛咒與她的靈魂完全融合了。不用陰陽師的法術封住，就會暴動起來。

但反過來說，只要封住了，就可以過著一般人的生活。這幾年來，證實了這件事。

很多貴族都聘用了陰陽師。有些人還把陰陽師請來家裡住。因為地位越高的人，越可能在權力鬥爭中與人結怨，因此被人詛咒。

所以貴族們都想找最有力量的陰陽師。大多數的貴族都仰賴安倍晴明，因為他是當今實力最強的陰陽師。

「可、可是，藤花身上有異邦妖怪的咒縛，沒有陰陽師在她身旁，她會很痛苦，要隱瞞這件事很難啊。」

「可以找很多合理的藉口啊，譬如說她的體質容易招來妖怪，所以每隔幾天就要找陰陽師來驅邪。就像貴族們也會找種種理由，聘請陰陽師。」

安倍家的陰陽師都知道這個祕密，只要請他們去封住詛咒，就不會有事。陰陽師不

會洩漏祕密。因為洩漏的話，會連累到他們的家人。

「所以她可以結婚，也可以生孩子，沒人會阻攔她。不過，她本人並不沒有這種意思。」

藤花真正心儀的對象，左大臣不可能答應。知道得不到父親的許可，她寧可選擇對那種事不抱任何期望。

「她一直在竹三条宮當侍女，左大臣可能也擔心會有不小心暴露她身分的危險，很難說絕對不會發生這種事。」

左大臣想把藤花從竹三条宮帶走。他應該知道自己的做法有點強硬，也知道命婦起了疑心。

總有一天，他會找到更正當的理由，迫使藤花不得不自己離開竹三条宮。

風音還看出，左大臣當著命婦的面，把達官貴人的文章交給藤花，是故意要讓命婦猜測這個女孩是不是跟左大臣有關係。

把她擺在旁邊，遲早會給脩子帶來災難。

只要命婦產生這樣的懷疑，不管藤花怎麼否認，她都不會聽進去。

左大臣很清楚命婦的個性，知道她傾慕皇后，對自己沒好感。如果連這點洞察力都沒有，他不可能在百鬼橫行的皇宮，穩坐權力頂端的寶座。

這樣的左大臣，竟然無法捉摸女兒的心，風音覺得很好笑。

從剛才就慷慨激昂地罵左大臣很奇怪的猿鬼，似乎被逼急了，哭喪著臉說：

「什麼嘛，妳是站在左大臣那邊嗎？多少說點好聽的話嘛。」

「說安慰的話也沒有意義吧？」

滿臉通紅的猿鬼想反駁，卻不知道該說什麼，沮喪地垂下了頭。風音說得一點都沒錯。

「……小姐現在就很幸福了啊……」

雖然跟左大臣所想的幸福的形式不一樣。

「是啊。」

很久沒聽見小妖以小姐稱呼她了。自從她決定以藤花的身分進入竹三条宮後，它們就不再以小姐稱呼她了。

「怎麼會這樣呢……」猿鬼虛弱地喃喃說道：「人類真是……什麼都不知道呢，全是一群笨蛋……」

神的女兒點點頭說真的是這樣呢，打從心底同意妖怪說的話。

燭光孱孱搖曳。

脩子看著光線，對藤花說：

「不知道晴明是不是到吉野了。」

藤花彎起手指數日子。

從聽說晴明離開京城到現在五天了。

獨角鬼與龍鬼面面相覷。昨天它們聽同伴說晴明下落不明，那之後都沒有任何消息，可見還是下落不明。

但是，把這件事說出來，藤花和脩子一定會很擔心，所以小妖們發誓絕對不告訴她們。

「吉野的櫻花一定開了，拜託太陰的話，她會幫我拿一枝來吧？」

脩子看著花器，裡面還插著剩下幾朵花的樹枝。

藤花笑著點點頭說：

「公主開口的話，她可能會聽吧。」

「啊，不過還是應該拜託晴明，因為太陰是晴明的手下。只要我拜託晴明，晴明答應了，太陰就會做吧？」

神將們與脩子也認識很久了。其中十二神將和太陰，因為外表年紀跟脩子差不多，所以感覺特別親近。
「藤花也會跟我一起拜託嗎？」
被問的侍女笑著行個禮說：
「公主交代一聲就行了。」
脩子開心地點點頭。
「昌浩一定知道晴明到了沒有，他下次什麼時候來呢？」
藤花的眼眸微微蕩漾著。
「明天就是新的月份了，他說不定會來。」藤花稍作停頓，歪著頭說：「要不要派使者去安倍家呢？」
召他來請安，他應該會馬上趕來吧？
脩子思考了一會，最後還是搖搖頭說：
「反正不急……還是不要派使者去吧。每個月份的開始、結束，昌浩好像都特別忙。」
她想起昌浩以前說過，每到月份更迭時，雜務都會比平時多。
看著沉靜微笑的藤花，脩子忽然想起一件事。
晴明他們來宮裡時，嵬突然飛進來，引起了一陣騷動。

那時候，嵬說它踢倒屏風是為了發洩。
她想起那之後昌浩與藤花說話的樣子。
他們兩人從小就認識，那時候卻給人奇妙的尷尬感覺。
是因為太久沒說過話了嗎？脩子覺得並不是這樣。
然後，她又想起昨天左大臣來的時候，要把某位達官貴人的文章交給藤花。
藤花正忙著把圖畫故事摺起來、把蠟燭放回桌上、把燈台移到這裡。脩子毅然決然地叫喚她。
「吶，藤花。」
「是。」
藤花停下忙碌的手，轉過頭來。看到她的臉，脩子一時發不出聲音來。
我不要妳離開。
她原本想這麼說，好不容易擠出喉嚨的話卻不一樣。
「……妳會一直陪在我身邊嗎？」
藤花張大了眼睛。
她很快改變身體方向，跪在脩子前面，用深邃的眼神望著脩子。

「我會永遠侍奉公主，只要公主允許，我會永遠……」

獨角鬼與龍鬼相望而視，心情好複雜。

脩子怦然心動，屏住了呼吸。

藤花柔和地笑著，脩子覺得好溫暖，快被融化了。

燈台的光線朦朧地照亮著屋內。藤花比身高還長的頭髮，掠過視野角落。

她忽然想起，藤花剛來竹三条宮時，烏亮的頭髮只留到腳踝。

「嗯……」

只勉強擠出這個回應的脩子，莫名地湧上了歉疚感。

小怪的陰陽講座

①是指進入清涼殿的南廂房，有資格進入的人稱為殿上人。

4

安倍昌親今天也請假沒去工作。

因為他自己不太舒服，更糟的是女兒的狀況也非常不樂觀。

被黑影吞噬拖入水池後消失的梓，聽說是躺在某棵櫻花樹下。

六合發現她時，她的呼吸穩定，只是身體因天氣過寒而發冷。但是，就在六合送她回家的途中，突然產生變化，開始發燒，體溫急劇升高，不停重複相同的夢囈。

經過一天，熱度有增無減。

梓躺在墊褥上呻吟，不管怎麼替她冷敷，熱度都不退。她痛苦地扭動身體，不停說著夢話。

有時不成句子，有時聽得很清楚，內容都一樣。

火焰之花將消失於同袍之手。

每次聽到斷斷續續重複的話，昌親的心就發毛。

昌浩出現了失物之相，藤原敏次對那個面相說了一句話——

水滴淌落在花上。

妻子千鶴用心清洗掉進水池弄髒的球，把球洗得跟原來一樣漂亮。

她說要是不做點什麼，精神會崩潰，所以不顧僕人的阻止，花了很長的時間清洗，最後淚流滿面，虛弱地蹲下來。

現在岳父、岳母在主屋陪著躺下來的千鶴。

昌親說要自己照顧女兒，交代誰都不要靠近對屋。

女兒遭受的折磨，不是一般疾病。家人對這些東西都沒有抵抗力，讓他們接觸，只會增加病人。

幸好家人都能理解。他們都知道，女婿是陰陽師，從事的是他們都不了解的工作。

昌親非常感謝岳父母和妻子。

「……梓……！」

臥病在床的女兒，看起來很痛苦。可以的話，昌浩好想代替她。

持續唸治癒的咒語，也沒有復元的跡象，熱度還是不斷往上升，但手腳卻冷得像冰一樣。

更糟的是纏繞梓全身的妖氣。

無論怎麼驅除，都不會消失，甚至越來越濃烈。

不知道驅除幾次後，昌浩看到女兒毫無進展，重重地嘆了一口氣。

身體搖晃傾斜，差點倒下來時，有隻手從旁邊攙住了他。

「謝謝你，六合……」

「不會。」

六合搖搖頭，放開手，站起來。

打開通往庭院的木門。種在院裡的樹木都失去了生氣，開始枯萎了。

六合來過這裡很多次。面積雖然不大，但老僕人照顧得非常用心，是個井然有序、舒服、美麗的庭院。

底部塌陷的水池乾涸，四周的樹木都變色了。

丟著不管，氣很快就會枯竭。六合把神氣注入那些樹裡。綠油油的樹木，會給生物帶來力量，而枯萎的樹木會剝奪生物的生氣。

樹木都枯了，生物的生命也會斷絕。目前這座宅院裡，生命最危險的是梓。

六合在清涼殿那棵櫻花樹的母樹底下發現梓，立刻把她送回了這棟宅院。

原本想送到後就趕去找晴明，但察覺纏繞梓全身的妖氣不斷膨脹，他決定留下來協助昌親。

纏繞幼小女孩的妖氣，酷似主人的靈氣，在這座庭院微微飄蕩的妖氣也一樣。

沒看到昨天比他早接到消息趕來的昌浩，六合覺得很奇怪。原本以為昌浩是知道梓在那棵樹下，趕去接她，正好與自己錯過。

但昌親搖著頭說不是那樣。

昌浩、小怪，還有勾陣，都被從水池噴出來的黑影及淒厲的妖氣困住，被拖走不見了，一直沒回來。

六合聽完這件事，就決定留下來了。萬一再發生什麼異狀，昌親一個人沒辦法應付。

梓的狀況越來越糟。庭院的樹木宛如與她的狀況相呼應，也逐漸枯萎。六合察覺這個現象，所以三番兩次注入神氣。雖然解決不了問題，但總比什麼都不做好。

昌親說有邪惡的東西深入梓的體內，所以她才那麼痛苦。昌親也是個陰陽師，可以找出原因，但只能做到這樣。

知道原因，卻沒有清除的能力。

不是昌親無能，而是妖力太強。

難怪驅除那麼多次都沒有用。

昌親沒有說出來，但六合看得出來，他恨不得詛咒自己的無能。這時候幫不了他的六合，也覺得自己很沒用。

身為鬥將的六合，可以迎戰任何有形的敵人，全力以赴。但面對潛入體內的妖氣，他手足無措。

除非是能治療傷口的天一，否則很難救得了梓。

站在庭院的六合，面色凝重地咬住嘴唇。

這時候，從頭頂傳來嚴厲的聲音。

『喂！』

六合抬起頭。

比黑暗還漆黑的烏鴉，飛過夜空。

『十二神將六合！你在幹什麼？居然站在那種地方打混摸魚！』

出言不遜，直線俯衝下來的嵬，在六合眼前拍打翅膀。

『臭小子！公主那麼焦躁不安，你卻在昌親大人家悠閒地欣賞庭院?!有點廉恥心嘛，你這個窩囊廢！還不快去找安倍晴明！』

嵬憤怒地張開鳥嘴，極盡謾罵之能事，六合邊嘆氣邊點頭。

他也覺得自己是個窩囊廢，所以沒有反駁。

「昌親的女兒被妖氣侵蝕，很痛苦。昌親要陪女兒，萬一又發生什麼異狀，昌親會沒辦法行動，所以我才留下來。」

聽完六合淡淡的說明，嵬忿忿地叫囂：

『多麼驚人的一長串話啊……！臭小子，原來你也會說話？平時就該用這麼多字數說話嘛！』

「我向來都是說重點。」

『不要找藉口！』

厲聲叱吒的嵬，啪吵啪吵拍打翅膀，轉身離開。

太不講理了。

連六合都拉下了臉。嵬不理他，飛到對屋的外廊，發出喀喀聲，走進室內。

「……」

六合深深嘆口氣，跟著嵬後面進去。

烏鴉突然來訪，昌親驚訝得說不出話來。進入室內的嵬沒理他，走到臥病在床的梓的枕邊，觀察她稚嫩的臉。

她呼吸困難，不時發出呻吟般的聲音。從緊閉的眼睛滑落下來的淚水，被吸進頭髮裡。

嵬抬頭看著昌親，不解地問：

『她這麼痛苦，你為什麼不幫她驅除邪念？』

被責備的昌親，滿臉疲憊地垂著頭說：

「我沒有那樣的能力……」

嵬瞠目結舌，又仔細看一次梓。

是妖氣。無窮的妖氣，在體內越搜尋就越濃烈。

『好驚人的力量……』

嵬愕然低喃，昌親用雙手掩住了臉。

「恐怕……只有祖父可以應付……」幾乎快崩潰的昌親痛苦地說：「可是……我不能再靠祖父了，父親和伯父就是擔心祖父，才把他送去了吉野……我不能因為這點事，再去麻煩祖父……」

嵬倒抽一口氣，瞥六合一眼。

神將默默對它使眼色。

昌浩沒有把晴明失蹤的消息告訴昌親，六合也錯過了告訴他的時機。

對已經快被擊倒的昌親落井下石，太殘酷了，所以六合說不出口。

要是有昌浩在，說不定也可以救梓。昌浩是晴明的接班人。他在遙遠的播磨修行過三年，從他釋放出來的靈氣有多強烈，就可以知道他不只鍛鍊了武術，也磨練了靈術。

或許還不及晴明，但顯然超越了昌親。

然而，昌浩也被邪念吞噬，沒有回來。

看著他無助的背影，啞然無言的六合，忽然想起一件事。

以前，成親被鑽入體內的疫鬼折磨得痛苦不堪，快沒命時，聽說是靠天空的力量，停止他的時間，阻止邪氣釋放。

六合正要開口時，被嵬捷足先登。

『安倍昌親，不用擔心，我有辦法。』烏鴉說。

昌親緩緩抬起頭。

「什麼辦法……」

嵬得意地挺起胸膛說：

『不用靠安倍晴明或安倍昌浩，靠我家公主，就可以輕而易舉地清除這種邪念。』

六合沒想到它會這麼說，不禁啞然失言。

嵬發現他的反應，斜站著說：

『怎麼了？十二神將，你總不會說你都沒想到吧？』

「是啊……」

六合老實回答，烏鴉豎起了眉毛。

『你這個白癡……！你跟公主相處的時間多到氣死我，還敢說這種話！』

氣得全身發抖的烏鴉，憤然轉過身去。

『哼，我好不甘心……！為什麼公主對這種呆頭呆腦的人那麼……』

六合一句話都回不了。

他無意識地把風音摒除在外，並不是不看好她的實力，也知道自己比不上她的神通力量。儘管如此，還是沒想到她，是因為主觀認為她要保護內親王，還有自私地希望盡可能不要讓她涉入危險。

被罵呆頭呆腦也是應該的，這次他就坦然接受了。

臨走前，嵬又隔著翅膀回頭說：

『在我回來前，繼續驅除妖氣！總比什麼都不做好！』

盛氣凌人地下令後，嵬就飛上天空，在黑夜中瞬間消失了蹤影。

昌親茫然地目送它離去，猛然回過神來，要開始驅除妖氣前，不禁歪起頭叫了一聲：「六合。」

這次面目掃地的六合，默然回頭看著昌親。

安倍吉昌的次男，滿臉疑惑地說：

「嵬說的公主……究竟是……？」

◇　◇　◇

身體異常沉重。

朦朧地逐漸恢復的意識角落，響起急迫而清澄的聲音。

『……不……可……以……』

這個聲音是？

「……巫……女……」

傳入耳中的低語，是昌浩自己的聲音。

被喧囂的怒吼掩蓋了。

「快找……！」

昌浩的眼皮發出聲響張開了。

他想跳起來，但使不上力，才剛弓起背部，身體立刻違反了大腦的命令。

頭暈目眩，視野搖晃，噁心想吐。

他強忍暈眩，環視周遭。

白色黑暗般的霧氣已經消散，現場一片漆黑，四周被櫻花樹包圍，近在咫尺的地方聳立著大樹。

迷濛浮現的櫻花樹蔭下，亮起點點搖曳的火光，轉眼就逼近了這裡。

「找到了！」

昌浩還以為是神將們，全身僵硬，勾陣的聲音直接傳入了他耳裡。

《不是他們。》

倒抽一口氣的昌浩，掙扎著想爬起來，被隱形的勾陣制止了。

《假裝昏迷。》

搞不清楚狀況的昌浩，聽她的話，把臉趴在地上，微微張開眼睛偷看。倒在附近的咲光映和屍，動也不動。

遠處的亮光靠近，昌浩才發現那是火把的火光，還聽見好幾個人的腳步聲。

很多人踢開花瓣、沙土衝過來。人數不少於十人。從聲音可以聽出是成年男人。

從腳步聲和氣息，辨識靠近的人的身高、大約年紀、身手好不好，也是在播磨時的修行之一。總之，就是盡可能集中精神，只靠感覺辨識是男人還是女人、是小孩還是大人。

把感覺伸展到極致的昌浩，想起那是很普通卻十分嚴酷的修行。

一個男人拿著火把從櫻花樹後面跑出來，看到倒在地上的屍與咲光映，大叫：「找到了！」

其他男人聽見叫聲，也陸續跑過來。昌浩的判斷沒錯，總共十二人。

男人們帶著近似殺氣的憤怒，圍著咲光映和屍，交互看著他們兩人。

昌浩在心中叫喚勾陣，詢問狀況。他很想自己確認，但稍微動一下，就有可能被發現他是佯裝昏迷。

《所有人都狠狠瞪著屍。》

身強力壯的男人們，大約二十多歲到三十多歲。全都是上衣配褲裙，再罩上一件袍子，是很古老的裝扮。

隱形的勾陣單膝跪在昌浩旁邊，觀察狀況。其中一人抱起了咲光映。他們腰間都佩帶著劍，把手放在劍柄上注視著屍。

要怎麼做呢？其中一人用眼神徵詢同伴的意見。

沒有人出聲回應，但所有人都露出了相同的眼神。

男人們正要拔劍時，發現樹蔭下又出現火把的亮光，慌忙把手從劍柄移開。

「找到了嗎？」

樣貌大約四十多歲，穿著高級袍子的壯年男子，安心地鬆口氣，跑向被其中一個男人抱起來的咲光映。

「沒事吧……？」

這時候，低聲呻吟的屍張開眼睛，發現自己被包圍，臉色慘白地試著站起來時，被男人的腳尖踢中腹部。

「唔……」屍發出含糊的呻吟聲。

又有人從他背部踩下去。

「你知不知道你做了什麼事！」

「現在就讓你贖罪！」

「竟然恩將仇報！」

男人們接二連三地謾罵，憤怒地踹他。還踩住他的背部不讓他逃跑，把他狠狠踹了一頓。

沒多久屍就不能動了。

「讓我殺了他，村長！留著他，不知道又會做出什麼事！」

被氣勢洶洶的男人稱為村長的人，是那個壯年男子。

村長環視男人們，無言地搖搖頭。

「不可以在這裡殺人……回村裡，先找個地方把他關起來……咦？」

村長的視線落在倒地的昌浩身上。察覺那股視線的昌浩大吃一驚，無意識地把注意力集中到全身，靜止不動，豎起耳朵偷聽。

「這是誰？」

村長詢問男人們，這時候他們才發現昌浩，困惑地搔著頭。

「不知道……會不會是其他村的人？」

「一定是，所以這傢伙才會做出那種事！」

語氣粗暴的男人所說的「這傢伙」是屍嗎？「那種事」又是什麼事呢？

全都是聽不懂的事。

「村長，即使是別村的人，也不能放過，要跟這小子一起處置。」

「這樣吧，在明天結束前，先找個地方把他們關起來。」

昌浩在心裡重複「明天」兩個字。

大家似乎都同意村長說的話。

「只把他關起來嗎？」

「他差點鑄成了無法挽回的大錯啊！」

「這種人連蟲都不如，沒必要讓他活著！」

屏住呼吸的昌浩，清楚聽出那些話裡含帶著強烈的侮蔑。

所有的侮蔑都是針對屍。名字叫屍，已經夠慘了，還有這麼多人對他抱持強烈的恨意，他究竟做了什麼事？

昌浩忍不住咬住了嘴唇。

有個人眼尖，看到趴著的昌浩動了一下。

「醒了啊？」

懊惱得想咂舌的昌浩，緩緩地抬起頭。

本以為連剛才一直在偷看都被看穿了，幸好他們沒那麼敏銳。男人們圍著昌浩，把手擺在劍柄上，爭相質問他。

「你是哪個村的人？」

「你跟那傢伙是什麼關係？」

「你知道他要做什麼嗎？」

連珠砲般的質問，每句都很激動，昌浩默默地搖搖頭。想隨便回幾句，也不知道該回什麼。

胡說八道的話，很可能當場被一刀砍死。他感覺得到，連隱形的勾陣都緊張得不得了。

直覺告訴他，他們個個都武藝高強，稍微惹他們不高興，就會被他們不由分說地殺掉。

看昌浩臉色發白緘默不語，他們開始交頭接耳討論起來。交談片刻後，似乎做出了結論。

「你揹著那小子跟我們走。」

其中一人把下巴指向屍。另一人拔出劍，刺向昌浩的喉嚨。

「你最好不要亂來。」

劍尖移到了背後。昌浩無言地點點頭，雙腳用力站起來。

站起來時頭暈目眩，搖晃了一下，男人們就露出了殺氣。

「我說過不能在這裡殺人，走啦。」。

抱著咲光映的男人，跟著訓誡他們的村長往前走。其他男人也陸續跨出步伐，推昌浩幾下，催他快點行動。

昌浩按指示揹起屍，在男人們前後包夾的隊形下前進。

隱形的勾陣保持一定距離，跟在昌浩後面。

《昌浩，你想做什麼？》

昌浩非常小聲地回應詢問他的勾陣。

「我要一起去看看。」

反正不會馬上被殺，那些人又好像跟屍和咲光映很熟。說不定可以知道尸櫻為什麼要追他們兩人。

《我知道了……》

勾陣答得很勉強，卻還是願意配合，昌浩很感激。

屍沉沉壓在背上的重量，不時把昌浩筋疲力盡的身體壓得東搖西晃。這時候，男人們會露出殺氣，昌浩就要趕快站穩。

漸漸地，男人們發現昌浩只是累過頭，才會走得東倒西歪，所以稍微搖晃也不會再對他怎麼樣了。

昌浩鬆了一口氣。不小心被砍的危險性總算降低了。

但勾陣一直是提心吊膽。

沒多久，傳來她的聲音，聽起來是累壞了。

《你真的是……晴明的孫子。》

昌浩繃起了臉。他不知道勾陣說這句話時是什麼表情，但很清楚這句話不是在稱讚他。

他在嘴裡暗罵不要叫我孫子，重新把屍揹好，以免屍掉下去。

不知不覺中，昌浩穿越了森林，搞不清楚走過哪裡。

在黑暗中走沒多久，就看到了火焰，是很大的篝火。

定睛一看，黑暗中有幾棟建築，是蓋在四角的四根柱子上的高腳屋。梯子從地面斜斜掛在入口處，代替階梯。

昌浩心想很罕見呢。他知道有這種建築，但很少看到。在播磨菅生鄉看過幾間，但都不是人住的房子，而是儲藏穀物的倉庫。地板離地面高，老鼠就不會進來。

中途，昌浩被帶去既不是住屋也不是倉庫，偏僻地方的小屋，與首領和咲光映他們分開了。

這間小屋直接建在地面，不是高腳屋。開著門的屋內，是裸露的泥地。結構非常簡陋，只是立起柱子，再鋪上屋頂和板子而已。

「進去！」

被粗暴地推進屋內的昌浩，站不穩倒下來。

跪倒在地上時，門被砰地關上了。屋內一片漆黑，沒有一絲光亮。

門口響起激烈的敲打聲，聽起來像是在捶釘子。

昌浩試著推推門，果然動也不動。

「哎呀……」

他嘆口氣，把屍放下來。又覺得讓屍直接躺在泥地上很可憐，就脫下自己的狩衣鋪在地上，把屍放在上面。

「有人看守嗎？」

聽見昌浩的低喃，勾陣在他旁邊現身。

「沒有，他們把門釘死，唸完不能出去的咒語就離開了。」

「沒關係，必要時可以破門出去，而且還有勾陣在。」

勾陣聳聳肩。看來，她也覺得這件事沒那麼嚴重。

因為施了暗視術，所以在黑暗中也不會不方便。離上次施加暗視術的時間有點久了，為了謹慎起見，昌浩原本想重新施加，但還是算了。

法術隨時可以施加，還是等必須行動時再說吧。現在要盡可能保留靈力，不然身體會撐不住。

即使昌浩看不見，勾陣也看得見，有危險時她自然會通知自己。

對昌浩來說，現在最嚴重的問題，不是自己被關在這裡，而是邪念很可能大舉入侵。

搞不好村裡的人都會被牽連。

既然沒人看守，最好盡早逃出這裡，離開村子。

不過，咲光映被帶走了，必須把她搶回來。

村裡的人顯然認識他們兩人。那個被稱為村長的男人，看到咲光映時還鬆了一口氣，他們是什麼關係呢？

從他們之間的對話，可以推測是屍把咲光映帶出了村子。村長說要把他們關到明天結束為止。明天是什麼意思？

屍會連夜把咲光映帶走，就是因為明天有什麼事嗎？

昏迷的屍，忽然發出微弱的呻吟聲。他背向他們，蜷起了身體。

那是疼痛時會採取的姿勢。

「他還好吧……」

擔心的昌浩，把手掌朝向屍的背部，在嘴裡唸起治癒的咒語。

昌浩自己也消耗了太多體力，所以效果可能不大，但總比什麼都不做的好。

他還想再多做點什麼，但勾陣隨手抓起他的衣領，把他拉到了牆邊。

「勾陣？」

吊起眼梢的勾陣，對滿臉困惑的昌浩嚴厲地說：

「你現在的狀況能擔心別人嗎？」

看昌浩沉默不語，勾陣嘆著氣叫他盡可能好好休息。

昌浩感覺她說話的語調透露著疲憊，抬頭看著她。

「妳也是啊。」

神將想反駁，但還是算了，又嘆口氣，默默在昌浩旁邊坐下來。

即便看得見，黑暗還是壓得人喘不過氣來。

昌浩瞄屍一眼，盡可能壓低嗓門說：

「可以問妳一件事嗎？」

「什麼事？」

合抱雙臂靠著牆壁的勾陣，閉著眼睛簡短回應。

昌浩注意措詞說：

「同袍有生命危險時產生的衝擊……是什麼感覺？」

閉上的眼皮張開來，黑曜石般的眼眸朝向了昌浩。被很難看出情感的眼神射穿，昌浩有些慌張。

「為什麼問？」

不是責備的語氣，而是真的很詫異的樣子。

「為什麼？就是有點好奇。」

不是非常非常想知道。只是以前聽說過，十二神將臨死時，所有同袍都會感受到同等程度的衝擊。

昌浩想起當時也是勾陣告訴他的。

「聽到件剛才的預言……我想起了紅蓮……以前我殺紅蓮時，神將們都感受到了那種衝擊嗎？」

「——是啊。」

勾陣隔了一會才回答，眉毛連動都沒動一下，只是把視線從昌浩身上移開，表情十分平靜。

那是四年前的春天，月亮完全消失的二月初一夜晚。

昌浩的眼皮震顫。沒錯，剛好就是這個時候，怎麼會這麼巧呢。

垂下視線的昌浩，聽見十二神將平靜的聲音。

「就像貫穿身體般犀利、沉重的衝擊，又恍如身體的一部分被活生生地挖出來扯碎，但很快就消失了，完全不留痕跡。」

然後，缺了什麼的地方，又會瞬間被其他東西填滿。跟失去的東西不一樣，但同樣能填滿。

「騰蛇的時候，沒有那種感覺。」

擊給貫穿。

四年前勾陣也曾面臨生命危險。雖然在瀕死前避開了，但聽說同袍們全都被那種衝擊給貫穿。

事後，騰蛇詳細描述過當時的事，他說宛如什麼東西被挖走，但只有這樣就結束了。他判斷可能是勾陣差點死掉，但在千鈞一髮之際保住了性命。

騰蛇的時候，跟勾陣的狀況又不一樣。

昌浩施行的法術，把原本已經消失的騰蛇，又原封不動地召喚回來。那種事恐怕不會有第二次了。

以結果來說，騰蛇和勾陣都沒有完全死亡。所以，勾陣只經歷過一次同袍的死亡。

「天一的時候……有那種衝擊？」

「是啊。」勾陣眨個眼，又補充說：「是天乙貴人……我們以前都叫她貴人。」

「現在叫她天一？」

勾陣默默點個頭，歪著脖子說：

「為什麼會這樣呢……她明明叫天乙貴人，也叫天一，哪個都沒錯，但以前叫天乙貴人，現在叫天一。」

十二神將們不知道哪裡不一樣，但都不約而同地這麼叫她，沒有人反對。

朱雀是以天貴稱呼天一。勾陣記得，那是在他們兩情相悅之後的事。

現在的天一剛誕生沒多久時，朱雀跟其他神將一樣，也叫她天一。

昌浩沉默下來，想起敵對的神將們。

除了青龍和太陰，還有其他跟隨晴明去吉野的神將。

白虎、天一、玄武——朱雀。

昌浩下意識地看著自己的雙手，彷彿感受到火焰之刃的重量。朱雀唯一的使命，就是弒殺神將。

血色從昌浩緊繃的臉上逐漸消失。

胸口不自然地顫動。手腳末梢冰冷，心臟卻狂跳不已，脈搏沉重。

雙手緊握的昌浩，察覺勾陣的視線，慌忙把手張開。

他想說什麼，但被勾陣搶先了一步。

「昌浩，騰蛇還活著。」

他的胸口怦然悸動。

勾陣像安撫小朋友似地，又重複一次剛才的話。

「騰蛇還活著。那傢伙還活著。絕對沒錯，我可以確定。」

這不是謊言，她沒感受到死亡的衝擊。神氣是消失了，但僅僅只是那樣。

看著勾陣的昌浩，表情扭曲變形，頹喪地垂下頭，抱著膝蓋把頭埋進臂彎裡，一次又一次吐出深沉凝重的氣息，強忍著等心情平靜下來。

這樣做了好一會，才冒出一句話說：

「我受夠了……」

「是啊。」

「他沒事的話，就快點趕來這裡嘛……」

「是啊。」

昌浩自知說了很過分的話，但又想像這樣發洩一下也還好吧？

他始終把臉朝下，沒去看勾陣是什麼表情，所以沒看到她疲憊地閉著眼睛的模樣。

背對他們，蜷著身體的屍，不知何時張開了眼睛。

他文風不動，偷聽昌浩與勾陣之間的交談。

可能是累過頭了，他們兩人都沒發現屍醒來了。

沒多久，昌浩他們安靜下來。

過了一會，響起其中一人的打呼聲。另一個人好像沒睡。

屍偷窺他們的動靜，兩人都靜止不動，但氣息完全消失了。

這時，他才發現鋪在自己下面的東西，是昌浩身上的狩衣。

他只是稍微挑動眉毛，沒有更多的反應。

周遭安靜下來，就可以聽見說說笑笑的聲音。雖然是在遠處，但還是隱約傳到了這裡。

夜還很長。睡到讓身體的疼痛消失，也還來得及。

他已經可以靠本能知道還剩多少時間。

還沒有問題，還可以。

忽然，昌浩他們交談的話，在屍的耳邊響起。

「……」

屍的嘴唇動了一下。

天乙貴人。

半遮住臉的少年，眼眸閃過陰暗的光芒。

5

察覺有動靜，昌浩猛然抬起了頭。

視線掃過屋內，看到屍在黑暗中試著爬起來。

「你還好嗎？」

屍看著招呼自己的昌浩，默默點個頭，把鋪在下面的狩衣還給他。

「謝謝……」

冷冷道謝後，他把手伸向被釘死打不開的門。確定怎麼推都推不動，他便抬頭望向天花板。

助跑跳上橫樑，沿著橫樑走到牆邊的屍，把手伸向天花板與牆壁間極小的縫隙。那是預留的通氣孔。縫隙很小，寬度、高度都不夠讓人通過。

「不行……」

屍放棄後往下跳。著地時的衝擊使全身被踢過的地方都疼痛起來。

看他強忍疼痛而表情扭曲，昌浩伸手想幫他，但被拒絕了。

昌浩注視著落空的手，心想沒被甩開就算有進步了吧？

「你想出去嗎？」

屍默默點頭，回應昌浩的詢問。可以這樣溝通，也是很大的進步。

門被釘上釘子，還施加了咒語。要破門而出很容易，但發出太大的聲響，可能會引來所有人。

「勾陣，我想辦法解除咒語，妳可以幫忙拔出釘子嗎？」

「知道了。」

勾陣消失了身影。

「她是差役？」

屍終於開口了。

昌浩未置可否地說：

「嗯，算是吧。」

她是祖父的差役，不是自己的差役。況且，對昌浩來說，神將們並不在差役的範圍內。

安倍晴明把十二神將稱為朋友。昌浩多少可以理解那種心情。他們是「式」，所以是差役，但不是一般的式，也不是一般的差役。

不能用差役來形容，所以換作是爺爺，一定會說是朋友。

昌浩拍手擊掌，低聲唸神咒。感覺咒語的效力煙消雲散了。門嘎噠嘎噠動著，是勾陣把釘子一根一根拔出來了。

神將的腕力非常人能比，釘得再深的釘子，他們也能輕易地拔出來。

門開了。無數根木頭削成的釘子，散落在勾陣腳下。走到外面，就看到門上釘過釘子的洞都有幾處傷痕，可見她是用筆架叉把釘子撬出來的。

屍趁他們把釘子扔進屋內再關上門時，拔腿就跑。

昌浩慌忙跟在後面追，隱形的勾陣也跑在他旁邊。

追上後，昌浩叫喚屍。

「屍。」

少年瞥他一眼。

「那真的是你的名字嗎？」

聽到冒昧的詢問，少年瞪大了眼睛。看他的表情，並不是不了解昌浩在問什麼，只是眼神像是在說「為什麼這麼問？」

昌浩心想果然有蹊蹺。

那些男人都不叫屍的名字，感覺很奇怪。不是稱他那傢伙就是這小子，絕對不直接說出他的名字。

——竟然恩將仇報！

耳邊響起嚴厲的責罵聲。

少年停下來，注視著昌浩，好像要說些什麼，昌浩耐心等待著。

《有人來了——》

收到勾陣的警告，昌浩和少年同時移動視線。

看到有人從住家聚集的地方，向這裡走過來，他們兩人趕緊躲到附近倉庫的後面。

是剛才把昌浩他們押來這裡的男人之一。

可能是喝太多了，滿臉通紅，腳步也有些蹣跚。

等他走過去後，少年便跑向了住家。

「喂，你的真名是什麼？」昌浩小聲問。

屍露出可怕的眼神，回頭對他說：

「我叫屍。」

「可是，那不是真名吧？」

「叫我屍就行了。」

昌浩困惑地低聲嘟囔：

「是沒錯啦，可是……」

要叫他屍，昌浩總覺得內心有某種抗拒。

狠狠瞪著昌浩片刻的屍，突然別開了視線。

「我的名字被剝奪了。」

「咦？」昌浩反問。

少年拋出了一句話：

「被剝奪了，沒有了，所以叫我屍。」

屍這個稱呼，意味著不認同他還活著。

看昌浩啞然無言，屍不耐煩地說起了事情的原委。

「我的父母因為偷竊被趕出了村子。還是嬰兒的我被他們拋棄了。愛管閒事的婆婆收養了我，但在我八歲時去世了。村裡的人施捨我可以遮風蔽雨的住處，還有最起碼的食物。不過，我得從早工作到晚。」

撫養屍的婆婆，住在村子郊外，據說代代都會使用咒語，跟屍是遠親，所以收養了他這個無依無靠的罪犯之子。

要說慈祥嘛，還不到那種程度。不過，沒有虐待過屍，為了讓屍可以存活，還教他使用咒語。

屍述說這些事的口吻，很像在說別人的事。

昌浩想起屍曾經把撲上來的邪念彈飛出去。原來使用咒語的婆婆，也教會了他這種事呢。

所以屍也算某種術士吧，只是派別跟昌浩不一樣。

「名字為什麼被剝奪？」

屍的目光浮現厲色。

「因為我害咲光映遭遇危險。」

◇　◇　◇

罪犯之子是村裡的人都不想接觸的人。

屍跟他們之間只有最起碼的交談，沒有那以外的交流，獨自生活在破破爛爛的小屋子裡。

不斷重複這種日子，直到某天，他偶然在櫻花樹的森林裡，遇見一個正要把手伸向櫻花樹枝的少女。

她說花很漂亮，想要一枝。

屍說折斷樹枝樹會作祟，勸阻了她。因為屍以前聽婆婆說過這種事。

但她無論如何都想要，屍不得已，只好使用咒語，請樹木賜予樹枝，樹木就自己掉下了開著花的樹枝。

少女很開心，叫屍明天再來這裡。屍來了，少女給了屍珍貴的果實，當作昨天的謝禮。

那之後，他們每天都在森林裡見面。

她說她是瞞著家人偷跑出來的。

每次來，她都會用繩子把花瓣串起來做成手環和項鍊，或是把花堆起來做成一座山，跟屍一起玩。

那時候，傳出村子附近的森林有妖魔出沒的消息，引發了大恐慌。聽說是膠狀的黑色物體，會襲擊生物。

再也沒有人敢靠近森林，少年卻毫不在乎，每天進入森林，結果被村人看見了。

某天，櫻花樹的森林出現了異形。跟村人說的不一樣，是野獸的變形怪。櫻花有時候會招來陰暗邪惡的東西，所以可能是櫻花樹招來的。

少女看到變形怪，嚇得尖叫，少年唸咒語把變形怪擊退了。變形怪的殘骸散落一地，少女害怕得昏過去。

少年急著想抱起少女。

不巧的是，大人們聽說有妖魔出現，趕來森林，看見了他們。被變形怪的血濺滿全身的少年，正要把手伸向少女。看在大人們的眼裡，就像少年要攻擊少女。

少年被罵得狗血淋頭，還遭受拳打腳踢的暴行。大人們把他打到趴下，動彈不得，再把他拖起來。他一想要說明就會被打，於是什麼也不能說。

被拖到村長面前，少年才知道少女是村長的女兒。

少年又被痛毆一頓，關進不見天日的石牢。他全身疼痛，內心更痛得難以忍受。

他擔心少女有沒有事，被那麼可怕的東西攻擊，醒來時說不定會哭。

可是，大人們要他趁可以動的時候，馬上滾出村子。

只把他趕出村子，是因為他還是個孩子。如果他是大人，恐怕會被迫以死謝罪。

少女跟他不一樣，身分很高，不是他可以隨便接近的人。

他什麼也沒做。錯的是他犯罪的父母，他是被父母拋棄的孩子。

這樣的身世卻阻隔了他和她。他再也不能跟她在一起了。

想到再也不能見面，他悲從中來。

被父母拋棄、愛管閒事的遠親婆婆又辭世，到現在已經五年了。

這段期間從來沒笑過的少年，現在回想起來，只有跟少女在一起的時候，自己會露出不知不覺中早已遺忘的笑容。

他們在櫻花樹下閒聊，隨便一點小事都能讓他們開心。少女笑說飄舞的櫻花好漂亮，少年好想永遠永遠看著那樣的她。

在痛楚和傷心中，他昏厥了好幾次。村人只給他水，就那樣過了好幾天。

他躺在地上精神恍惚時，彷彿聽見少女的聲音，緩緩張開眼睛。

少女就在那裡。陽光從打開的門照進來，少女背著光，臉形成陰影，看不清楚。

少女在哭。

少年心想：啊，妳果然哭了，很害怕吧？可是，沒事了哦。

我會保護妳。

以不成聲的聲音這麼說的少年，看少女還是哭個不停，心裡好難過、好難過。

後來，少年被從石牢放出來，送回了村子郊外的小屋。

把少年抬回去的大人們，冷冷地告訴他，是村長的千金苦苦哀求村長，他才能獲救。

從此以後，他在村裡更加被孤立了。有流言說是他招來了妖魔。

實際上，也只有他進入森林不會有事。

他可以平安無事，其實是因為使用了婆婆教他的咒語，絕不是因為與妖魔有

往來。

無論他如何辯解，說沒那回事，也完全沒有人相信他。

最後他還是遭到了懲罰，雖然沒被放逐，但被剝奪了名字。

名字代表存在。名字被剝奪的他，等於是被當成了不存在於這世上的人。

所有人都遠離他，甚至有人對他有莫名的恐懼。被排擠在外的他，開始產生這樣的想法——

她一定也跟他們一樣吧？

某天晚上，他去了森林。

花都掉光了，變成只剩下葉子的櫻花樹林。

對花朵飄落的光景懷念不已的他，與好久不見的少女重逢了。

少女見到少年，哭了起來。

她說：「我一直好想見到你。」深深打動了少年的心。

其他人怎麼說，他都無所謂了。只要有這句話，他就能活下去。

即便名字被剝奪、被視為不存在的人、孤獨一人，也能活下去。

這時候，少年發誓——

我擁有妳，所以我會保護妳。

◊ ◊ ◊

昌浩看著屍不帶感情的側面，不由得叫出聲來。

「那樣不是誤會你了嗎？」

屍無言地搖搖頭。

確定四下無人，少年便往村子裡面走去。隱約傳來歡笑聲，還可以看見火把的亮光。

「你要去哪裡？」

少年瞥昌浩一眼，簡短回答：

「去救咲光映。」

「咦？」

為了不讓村人發現，他們躲在暗處行動，越往前說話聲就越清楚。

村人好像都聚在一起。村子本身並不大，人數總共大約三十人。男女老幼都聚集在廣場，圍繞著火焰，滿臉通紅，在粗糙但種類繁多的菜餚前大聲地說說笑笑。

也有人喝酒、跳舞，看起來像是什麼祭典或慶祝會。

屍看都沒看他們一眼。為了不讓村人發現，他繼續躲在陰暗處，往村子最裡面、最大的屋子走去。

「那是？」

「村長家。」

那麼，咲光映在那裡？

用圓木圍起來的房子，門前有人拿著長矛看守，氣氛十分森嚴。

廣場上都是歡樂、開朗的人，但這裡不一樣，處處可見武裝的男人，充斥著戰爭即將爆發似的氛圍。

屍爬到樹上窺視牆內狀況，決定繞到戒備比較薄弱的後方。

跟在他後面的昌浩，疑惑地問：

「他們是……」

「他們在監視咲光映，不讓她逃跑。」

屍懊惱地說。

昌浩心想應該不只是這樣吧？現場的戒備，除了不讓她逃跑外，更像是用來對付入侵者。

「人數比剛才更多了。」

儘管如此，屍還是找出戒備最薄弱的地方，翻牆進去了。昌浩也順理成章跟著他進去了。

《昌浩，你要做什麼？》

隱形的勾陣，語氣帶著責備，昌浩低聲嘟囔回應她。

現在大約知道屍的來歷了。某個程度，也知道屍與咲光映的關係了。

這裡是屍與咲光映的村子，他們從這裡逃出去，躲在那座櫻花森林裡。因為某些理由離開森林後，又被尸櫻追捕。

理由還不知道。因為不知道，所以現在只能跟著屍走。

而且，總覺得不能丟下他不管，因為這兩個孩子跟自己有些相似。

環視周遭確認狀況的昌浩，忽然覺得建築物的線條扭曲搖晃，眨了眨眼睛。

栽種在大庭院各處的樹木都不高，其中也有貌似櫻花的樹木，但高度跟昌浩差不多而已。

葉子凋落了，露出偏茶色的樹枝。

昌浩覺得不對勁，注意觀察庭院的樹木。

每棵樹顏色都變了。開始枯萎。

只用圓木拼起來的圍牆，有時看起來也是扭曲的。

昌浩甩甩頭。可能是頭昏眼花，只是沒有自覺而已。或是累過了頭，不覺得累了。

自己都累成這樣了，隱形的勾陣是不是也一樣呢？她向來會隱瞞這種事，不注意看就會忽略。

昌浩把手搭在看似主屋的建築牆壁上，喘了一口氣。這種時候，他竟然很想躺下來睡覺。

不經意地，昌浩抬起頭，看到牆上有個小窗，從那裡飄出來的味道搔動了鼻頭。

「咲光映在哪……」

屍焦躁不安，昌浩拍拍他的肩膀，他滿臉疑惑。昌浩指向透著亮光的窗戶，做出側耳傾聽的動作。

那是通風用的小窗。飯菜的味道和蒸氣從那裡飄出來。可見這面牆的後面是廚房，有幾個人在裡面有所動靜。

仔細聽，勉強可以聽到女人們的談話聲。

「明天的事都準備好了嗎？」

「聽說都準備齊全了，黎明時響起鳥叫聲就要出發了。」

「真是大喜事呢，這麼早就決定了，小姐一定也很開心。」

「可是，要嫁到很遠的地方吧？可以回娘家嗎？」

「聽說太遠了，回不來呢，所以明天之後就是永別了。」

「哎啊……」

持續一陣子的交談聲中斷了。

屍猛然垂下了頭。昌浩看到他咬牙切齒，緊握雙拳，全身顫抖。

「村長和村長夫人都那麼疼她，一定會很寂寞吧。」

「可是，這樁婚事太好了，沒辦法啊。」

「嗯……聽說是隔好幾座山的國家的首領呢。」

「好羨慕啊。」

「聽說村長的姊姊也是嫁到很遠的國家，到死都沒回過娘家吧？」

「好像是，我聽奶奶說，那個時候有妖魔出沒，搞得人心惶惶，但因為舉辦婚宴慶典，整個村子都開朗了起來。」

「哦，有過這種事啊……」

女人們的交談突然停止了。

「妳們要聊天聊到什麼時候！」

傳來斥責聲，女人們趕緊道歉，接著響起種種動作的聲音。可能是在收拾，不時響

起水聲、疊木頭的聲音，沒多久亮光熄滅，人的氣息也離開了。
廚房的人都走光了，附近也暗了下來。
屍緊靠著牆壁，肩膀不停顫動。
昌浩不知道該說什麼，只能注視著屍。
身分不同的心愛女孩，就要嫁到遠方了。
也經歷過這種事的昌浩，比誰都了解屍的心情。
昌浩選擇什麼都不說，默默送她走，一心只祈求她的幸福。但屍做出了與昌浩不同的選擇，所以才會被那些男人追捕。
心情複雜的昌浩，發現視野又扭曲了。他背靠著牆，把手放在額頭上。是暈眩得太嚴重嗎？感覺頭昏眼花。
好像越來越疲憊了。強撐著跑來跑去，身體很可能在關鍵時刻來個大反撲。
正當昌浩甩開暈眩時，聽見陰沉得可怕的低囔聲。
「咲光映不是要嫁到遠方。」
「咦？」
屍握緊拳頭，表情扭曲地看著猛眨眼睛的昌浩。
「她是被當成活祭品，要獻給森林之神。」屍對倒抽一口氣的昌浩說：「我是聽婆

婆說的。她說每當有妖魔出沒時，就要把村長血脈的女孩獻給森林之神，保護村人的生活。否則村子會滅絕。」

前代村長、前前代村長、前前前代村長、前前前前代村長都是那麼做的。只要有妖魔出沒，就把家裡的女兒獻出來。

生在村長家的女孩，有時候會傳出嫁到遠方的消息，突然就不見了。不見的女孩再也沒回來過，然後妖魔也消失了，聽說是這樣的交易換來了幾十年的約定。

雖然被稱為森林之神，但屍認為那根本不是神而是妖魔。婆婆說他說得沒錯，但又說只要會保護我們，還是可以稱為神。

成為禍害的就是妖魔，帶來福氣的就是神。村子付出一點代價，保住了祥和。

不久前，很久不見的她來找屍，落寞地笑著說自己就要嫁到很遠的國家了，於是屍想起婆婆說過的話。

那不是真的嫁出去。她再也回不來了。再也見不到她了。

所以少年選擇救咲光映。罪加一等也沒關係，只要能救她就行了。

「我就是要保護咲光映，被誰指責都無所謂。」

他連名字都沒有，被當成不存在於這世上的人。說起來，相當於被剝奪性命的懲罰，所以他已經死了。

既然這樣，還有什麼好怕的？

「我死了也沒關係，只要咲光映活著就好。」

屍說得斬釘截鐵，但昌浩不能贊同他的話。

如果把她帶出來後，屍真的死了，被留下來的咲光映會有多麼悲傷、多麼自責啊，責怪自己把屍給逼死了。

「你不能那麼做。」

昌浩沉重地低喃，屍用挑釁的眼神看著他說：

「你不能理解也沒關係。」

屍說完就要去找咲光映，昌浩抓住他的手，搖搖頭說：

「我不是不能理解。」

「放開我，我要去找咲光映。」

「總之，」昌浩壓住屍的手，正言厲色地說：「把話聽完。」

然後，他瞪著瞠目而視的少年說：

「不獻出活祭品，村人就會受苦，所以長久以來村長才會獻出活祭品吧？」

不是獻出村人，而是獻出村長的血脈，沒有犧牲任何村人。

啞口無言的屍，表情嚴峻地點點頭。

「所以，不要讓那個妖魔出現就好啦。」

這時候，兩個武裝的男人從建築物的陰暗處走出來。

火光照到了昌浩和屍，男人們發現了他們。

「什麼人！」

好耳熟的聲音，是剛才推著昌浩走的男人之一。

高高舉起的火焰十分刺眼，昌浩瞬間舉起了手臂遮擋，但男人還是察覺到他們兩人的身分。

「你們怎麼出來的……！」

「不好了，快來人啊！」

男人叫喚正在巡視的同伴，全身冒出殺氣的屍正要撲上去時，昌浩使出全力把他扛起來，轉身跑開。

「放開我！放開我啊！」

火把從四面八方聚集過來。

昌浩邊全力衝向圍牆，邊短短叫了一聲：「勾陣！」

圍牆下，勾陣現身了。她背靠著圍牆，半蹲下來，雙手交握。昌浩把她的雙手當成跳板，用力踩下去。勾陣配合昌浩的呼吸，把他抬起來，讓他扛著屍跳過圍牆。

著地時的衝擊，從膝蓋直衝頭頂。跳過圍牆的勾陣，及時撐住踉蹌了一下的昌浩。

「他們翻出牆外了，快繞過去！」

「快追，別讓他們跑了！」

士兵們聽見怒吼聲，都拿起火把、長矛衝過來。

昌浩放下奮力掙扎的屍，牽起他的手，逃離那裡。他邊注意隱形的勾陣有沒有跟上來，邊穿越村子，衝進了廣闊的森林裡。

森林的樹木都枯了。不知道名字的樹木的樹幹，發黑乾枯，葉子掉落的樹枝快光禿了。地面鋪滿乾巴巴的葉子，踩下去就會發出聲響碎裂。

鑽進葉子掉光的樹木與樹叢的陰暗處後，昌浩立刻從後面勒住屍的雙臂、摀住他的嘴巴，自己也屏住了氣息。

好幾個腳步聲與怒吼聲追上來，火把的火焰熊熊燃燒著。

昌浩隱藏氣息，悄悄看著十幾個男人從前面經過，向四方散去。

確定男人們的氣息完全遠去，昌浩才喘了一口氣，同時放開屍。掙脫的屍立刻把昌浩推開，齜牙咧嘴地說：

「你幹什麼！」

橫眉豎目的屍，看起來也稍微扭曲了一下。

昌浩瞇起了眼睛。可能已經撐到極限了。說實話，他也知道最好休息一下，等體力恢復。

但如果現在睡著的話，他很有自信可以睡一整天都醒不來。

然後等他醒來時，婚禮的隊伍已經從那棟房子出來，把咲光映獻給森林之神，一切都結束了。

若不想讓事情變成那樣，到底該怎麼做呢？

疲勞會使思考變得遲鈍，必須在不能下正確判斷前採取行動。

昌浩呼地喘口氣，按住了太陽穴。頭好重。

「不要阻撓我，我要去救咲光映！」

少年要衝出去，昌浩語氣堅定地說：

「妖魔是所有一切的元兇。既然這樣，把妖魔打倒就行了。」

瞠目結舌的少年回頭看著昌浩。

對屍點著頭的昌浩，總覺得哪裡不對勁。

打倒妖魔。打倒被稱為森林之神的妖魔，這絕對是正確的事。這麼做，村子就不會再出現犧牲者。咲光映可以因此獲救。屍也不必多背負一條罪狀。

明明是個好主意，昌浩卻老覺得哪裡有問題。

這麼做好嗎？有個聲音在大腦的角落警告他。

「……真的嗎？」

僵硬的詢問把昌浩拉回了現實。

屍滿臉認真地仰頭盯著昌浩。

昌浩想起五年前的自己。十三歲時的自己，差不多就是這麼高吧？當時為了救「她」，自己做了驚天動地的事。

在一旁看著這一切的紅蓮是什麼心情，現在他總算知道了。

「真的可以打倒妖魔嗎？」

屍接連問了兩次，昌浩點點頭說：

「可以，我是陰陽師。」

屍凝視著昌浩，眼神彷彿會將人射穿。

那個身影又扭曲了。在這種狀態下真的能打倒妖魔嗎？昌浩連對方是什麼妖怪都不知道。

可是，不這麼做，咲光映就會死。

忽然，尸櫻與祖父的身影閃過腦海。

——把屍和咲光映帶來。

「……」

眨了好幾次眼睛的昌浩臉色變了。

「……尸櫻……」

屍的眉毛彈跳一下。

昌浩茫然地低喃，腦中靈光乍現。

「是尸櫻的活祭品……？」

所以咲光映要活捉；所以屍不論死活。

原來是這麼回事？

終於探索出尸櫻追捕他們的理由了。雖然還不知道晴明與神將們為什麼會站在尸櫻那邊，但起碼解開了他們兩人被追捕的謎。

隱形的勾陣站在屍與昌浩旁邊，默默聽著他們之間的對話。

昌浩說的話，聽起來的確有道理，屍的語氣也不像在撒謊。

村人不知道自己說的話被人偷聽，所以不可能說假話，而那些男人對屍的敵意也是真的。

可是，為什麼呢？

總覺得哪裡有問題，無法抹去不對勁的感覺。

邪念與尸櫻都執拗地追著他們。難道襲擊村人的東西，也是那個黑膠般的邪念嗎？

那東西會吸食有生命的物體的生氣。實際上，村長住處栽種的樹木就已經枯萎了。

忽然，勾陣的視野被壓扁扭曲了。

所有的東西看起來都變形了。頭昏腦脹，好不容易才撐住蹣跚的腳步。

太奇怪了。她並沒有做什麼消耗神力的事，怎麼會這麼疲憊呢？

光是這樣站著，一個不小心也會呼吸急促。

昌浩也一樣，只是沒什麼自覺而已。他的臉正逐漸失去血色。勾陣心想看在旁人眼裡，一定也覺得她的肌膚幾乎沒有血色了。

她知道有問題，但不知道問題出在哪。

保持隱形的勾陣注視著屍。要進入那座森林時，他似乎很不願意。

在森林裡屍與咲光映邂逅了。在森林裡出現了妖魔。

在那座櫻花森林裡，他們被邪念攻擊了。在那座森林裡，他們突然失去了意識。

「……啊！」

正沉浸在思考中的勾陣，聽見尖銳的叫聲。

驚慌失色的屍呆呆盯著森林的入口。

一支火把的亮光，搖搖晃晃地晃進了森林裡。踩過枯草、枯葉的聲音逐漸靠近。

拿著火把的人在最前面帶路，幾個男人扛著轎子，面目猙獰地奔馳而來。

「咲光映！」

屍臉色發白。他聽說的消息，是天亮才出發。所以他原本計畫在那之前再潛入屋內一次，把咲光映帶出來。

但可能是因為他們侵入村長住處，所以村長把時間提早了，以免再次受到阻撓。總之，就是要盡快把咲光映獻給森林之神，把妖魔鎮壓下來。

那不是為婚禮準備的轎子，而是一般的、沒有任何裝飾的老舊轎子。扛轎子的轎夫也都穿著平常的簡陋衣服，可見是太過匆促，沒有時間顧及裝扮。

分明是要在黎明前，趁黑夜把所有事都辦完。

村人都不知道真相。所以，等天亮後，婚禮的隊伍還是會浩浩蕩蕩地出發吧？在村人目送下離開的新娘轎子是空的，但沒有人會看裡面，所以沒有人會發現，也絕對不能被發現。

村長的女兒要嫁到很遠的國家，再也不會回來了。她會過著富裕充足的生活，不久後生下孩子，逐漸老去，某天平靜地、安詳地死去。

村人們都如此深信不疑，漸漸就遺忘了。至今以來都是這樣。

轎夫的腳程快得驚人，轎子很快消失在黑暗中。

屍大驚失色。

「咲光映、咲光映！」

「等等！」

甩開阻攔的屍，從樹叢跑出來，去追轎子。昌浩晚他一步，蹬地躍起。

隱形的勾陣正要追上他們時，忽然覺得頭暈目眩。

大腦昏沉搖晃。

她按著額頭環視周遭，在黑暗中看到遠處村長的住處與周邊房子，都奇妙地扭曲變形，像蒸騰的熱氣般變得透明。

可以透視黑暗的勾陣，確實看到了那樣的景象。

遠處的喧囂聲也戛然而止。

這些都只是一瞬間的事。

當勾陣瞪大眼睛，倒抽一口氣時，建築物又恢復了原狀，人們充滿活力的聲音又隨風飄進了耳裡。

勾陣現身，加強神氣，定睛注視。

整個村子都扭曲變形，變得又扁又透明，宛如蒸騰的熱氣，飄忽不定，沒有固定的輪廓。

同時，一陣寒意掠過勾陣的背脊。她覺得血壓唰地往下降，生氣不斷從腰間流失，令她毛骨悚然。

「昌浩……」

勾陣回頭一看，大驚失色。

眼前是一大片的森林。開滿粉紅色花朵的樹影，宛如雲朵般向四面八方無限延伸，不只前方而已。

然後，飄起了白色霧氣。

扛轎子的男人們、昌浩、屍，都不知何時消失了。

6

應該是咲光映坐在裡面的轎子，速度快得驚人。

飛越黑暗前進的轎夫，在漆黑的森林裡毫不遲疑地疾馳。

昌浩與屍拚命跟在後面。

衝進去的森林十分茂密，沒有葉子和花朵的樹皮，逐漸變成茶色。

樹木枯萎了。

在樹木間穿梭奔馳的轎夫，速度快到令人驚悚，彷彿害怕什麼而全力奔逃。

帶頭者的火把，拖著長長的尾巴熊熊燃燒，宛如人的靈魂。在黑暗中，只能清楚看到那支火把。

屍以火焰為標記，在樹木間疾馳。他使盡全力奔跑，卻怎麼樣都追不上。腳恍如被什麼沉甸甸的東西纏住，每踏出一步都會消耗體力。

昌浩也一樣，呼吸越來越急促。劇烈的頭痛如波浪般襲向太陽穴，每當痛楚貫穿身體，就會喘不過氣來。

腳、全身都異常沉重。

火焰不停地往森林深處前進，避開樹木蛇行，毫不停歇地飛奔而去。跟在後面的轎子，也像在半空中飄浮滑行。

昌浩的心跳忽然加速。

有種奇怪的感覺。

轎夫們在奔馳，他們扛的轎子卻沒有絲毫的搖晃，在黑夜裡平穩地滑行。

那裡面真的坐著咲光映嗎？還有，這座森林深處，真的有被稱為森林之神的妖魔嗎？

「勾陣……」

搜尋氣息的昌浩，現在才發現應該與自己並肩奔跑的神將的神氣不見了。

「走散了?!」

幾時走散的？他拚命追著屍和轎子跑，一直以為勾陣也是一樣。

四周的黑暗越來越深邃，樹木的形影也逐漸被黑暗淹沒。若不是施加了暗視術，現在一步也前進不了。

想到這裡，昌浩忽地眨了眨眼睛。

他們是仰賴火把的亮光前進，但只看得見浮現在黑暗中的紅色火焰。

帶頭的人、扛轎子的人，都融入了黑暗中，完全看不見。

為什麼屍可以跑得那麼快，都不會撞到樹木呢？

心臟怦怦狂跳。越深入森林，空氣就越沉重，全身都被壓迫感困住。

視野在搖晃。不對，搖晃的是昌浩自己。

差點跌倒的昌浩，把手伸向近旁的樹木。

響起「噠噗」一聲。好像有什麼東西，吵吵拖行前進。

看似在暗夜中逐漸發黑沉沒的樹皮，攀附著膠狀般的東西。

體溫開始從手掌流失。取而代之的是火辣辣的疼痛感與劇烈的心跳，纏繞著肌膚攀爬而上。

數千、數萬張小臉，發出窸窸窣窣的聲響，從黑色樹皮浮現出來。那些臉同時張開眼睛，注視著昌浩。

「唔……！」

昌浩來不及把手從樹上放開，冰冷的膠狀物沿著他的手指往上爬。

他使勁地甩掉膠狀物，拍手擊掌。然而，還是有膠狀物黏在手上，沒辦法拍出響亮的聲音。

覆蓋樹幹的膠狀物凝聚成團，向昌浩撲過來。昌浩本能地結起刀印，橫向畫出一直線。

「禁！」

看不見的保護牆伸展開來。在完全築起前，無數張臉越過保護牆，像下雨般掉下來。

昌浩揮動袖子甩開它們，尋找跟丟的屍。

隱約可見火把的火焰。追逐那個火光挺進的屍，背影融入了黑暗中。

浪濤拍岸般的聲音，向背後逼近。昌浩頭也不回地往前衝。不用看也知道，黑色邪念釋放出來的陰森氣息正從背後滾滾而來。

在樹木縫隙間鑽來鑽去追逐屍的昌浩，發現有黑色墳塚般的隆起散佈在樹木枯萎的森林裡。

不像是自然形成的，像是有人刻意把土運過來，堆成隆起的形狀。

黑色膠狀物覆蓋在土堆上，無數的眼睛張開來，把墳塚削為平地。

如海嘯般排山倒海而來的幾萬張黑臉，淹沒整片森林，吞食生氣，森林瞬間枯萎。

死亡逐漸擴散。無數張臉因招來死亡而嗤笑著。

昌浩全身戰慄。大小如櫻花花瓣的臉，充滿了喜悅。

臉。

臉。

臉。

臉。

臉。

嘴巴大張的臉，是由死者的遺恨聚集成形的。

它們吸食生氣，沾染魔性，成了意念的凝聚體。

「咲光映！」

少年的怒吼響徹雲霄，昌浩驚愕地環視周遭。

屍就站在他穿梭前進的樹木縫隙前。

枯萎的樹木間斷了。霎時，粉紅色的堆積層鋪滿視野，一棵巨樹聳立在平原的盡頭。

白色煙霧淡淡飄蕩著。

那是森林之主的櫻花樹，白色花瓣如雪片般不停地飄落。

巨樹的根部，有五個隆起的墳塚，形狀像是倒放的大碗。飄落的花瓣覆蓋在上面，看起來像披著白色外衣。

轎子被停放在那附近。帶頭拿著火把的人、四個扛轎的人，都瞬間消失了。

火把滾落地上，火焰逐漸減弱。

昌浩的心臟怦怦直跳。屍毫不猶豫地衝向轎子，把手伸向垂下的帘子。

「咲……！」

叫聲中斷。倒抽一口氣的屍，往後退了幾步。

警鈴在昌浩腦中爆響。他衝到屍旁邊，掀開帘子的晃動身影闖入視野。

出現在轎子裡的是妖怪的頭。那是人面牛身的異形——

件。

缺乏感情，如人工製造的眼睛盯著屍看。妖怪用眼神射穿僵直的少年，緩緩張開了嘴巴。

『責難將不斷重複。漫無止境地重複，直到永遠、永遠。』

屍的肩膀劇烈顫抖。

『懲罰將不斷重複。漫無止境地重複，直到永遠、永遠。』

件把頭伸出轎子外，露出了牛的身體，轎子搖晃起來，輪廓逐漸模糊，如煙霧般消散了。

妖怪叼起滾落地面的火把的木柄，高高舉起來，像是獻給五座墳塚。

火焰熊熊燃燒起來，許多花瓣被吞噬，變成朵朵紅花隨風起舞。

沒多久，拖著紅色尾巴飄舞的花瓣，在滿地的粉紅色花瓣上撒下火星，到處都冒起了煙。

把火把放在墳塚前的件，慢騰騰地轉向了屍。

『死亡將不斷重複。漫無止境地重複，直到永遠、永遠。』

件的眼睛閃爍著陰森的光芒，人工製造的臉浮現獰笑。

「住口！」

怒吼的屍舉起雙手，衝向了件。在雙手間捲起的靈力波動，隨著手揮出去的力道，猛烈襲向了件。

「快滾……！」

屍的眼睛殺氣騰騰，目光如炬。件看著他，嘴角吊得更高了。

『死亡……將不斷重複……漫無止境地重複……直到永遠……永……』

「齷齪的東西，去死吧……！」

預言的最後被屍的叫喊掩蓋了。

被一團靈力擊潰的件，揚起堆積的花瓣，粉碎消失了。

捲起漩渦的力量，如狂風暴雨般洶湧澎湃。

「唔哇！」

昌浩擺低姿勢，用雙手阻擋。他嚴重暈眩，身體沉重，膝蓋無力地彎下來，強忍著暈眩和頭痛。

疲勞過度，就會這樣。體力消耗到極限，氣力也快用罄了。究竟是什麼時候，生氣被剝奪到這種地步了？

明明沒使用什麼了不起的法術，只是奔跑而已，就連站都站不穩了。

手著地摸到的花瓣堆積層，柔軟下沉。從手掌下方傳出噠噗聲響。

冰冷的觸感慢慢從手掌吸走了生氣。

幾棵樹影掠過昌浩的視野。剛才被黑暗吞噬的枯萎樹木，不覺中裹上了櫻花色的雲朵。

四周瀰漫著白色煙霧。

飄散飛舞的花瓣又更多了。

昌浩強撐著站起來，環視周遭，不由得屏住了氣息。

被稱為森林之主的巨樹，周圍有隆起的五座墳塚。件獻出去的火把，就是放在那個地方。

咲光映不知從何時躺在那裡。

開來。

她穿著白衣，沉睡般閉著眼睛。長頭髮有些凌亂，在粉紅色的堆積層上披散開來。

「咲光映！」

發現她的屍，叫聲顫抖。他跪下來，把手伸向咲光映。

剎那間，大量的黑色邪念從花瓣堆積層下面迸出來，包圍了屍和咲光映。

「唔……！」

被留在櫻花森林裡的十二神將勾陣，在櫻雲與白色煙霧的籠罩下，失去了方向感。

她不知道昌浩他們往哪裡去了，也不知道自己是從哪來的。

放眼望去都是同樣的景色，沒有東西可以做為標的物。在黑暗中灰灰白白地朦朧浮現的花朵，如煙霧般嫋嫋搖曳，直盯著看，連頭都會跟著發暈。

——櫻花很可怕。

耳邊突然響起晴明說過的話。

是什麼時候聽說的，她不太記得。但可以確定的是，那時候是春天，櫻花正綻放著。

比現在年輕的臉龐閃過腦海。不過，那也是在十二神將跟隨他的幾十年之後，所以說年輕，也只是跟現在做比較而已。

勾陣一直以為那個男人永遠不會變，然而，隨著年紀一天天增長，他臉上慢慢出現皺紋，頭髮也逐漸斑白了。每天看所以看不太出來，但神將們經常都感覺得到他的時間正在流逝。

只是刻意不去關注而已。

安倍晴明看著飄落飛舞的櫻花，沉靜地說出了這樣的話：

好美的櫻花啊。但是，櫻花很可怕。櫻花美到會使生物發狂。越美的東西越能奪走人心。

——心被奪走到什麼地步，生物就發狂到什麼地步。

「說得沒錯……」

勾陣疲憊地低喃。

方向感、自己所在的地方，都茫然不清。第一次碰到這種事。即使集中神氣，探索周遭，也好像會被什麼東西阻擋。

氣力逐漸被削弱，只想看著櫻花，實在太危險了。

輕微的頭痛使思考變得散漫。閉上眼睛，映在眼底的是在比黑暗更漆黑的昏暗中綻

放的紫色櫻花，比粉紅色的花更美。

老人站在紫色櫻花旁。

「晴明……你也被櫻花魅惑了嗎？」

被那棵魔性之樹魅惑；被招來死屍的櫻花魅惑。

勾陣吐出沉重的嘆息，幾乎吐光了肺氣，全身湧現強烈的疲勞與倦怠感。

嚴重的暈眩襲來，她踉蹌幾步，靠在櫻花樹幹上。風搔過她的鼻頭。

勾陣赫然張開眼睛，只轉動眼珠子掃視周遭。

彷彿被雷擊中般的衝擊貫穿胸口。

「這個味道是……」

搖曳的白色煙霧與櫻花中，夾帶著淡淡的甜味。

這淡淡的甜味，是死屍味。沒有其他字眼可以形容這個味道。比微弱的櫻花香味更微弱，但確實飄蕩著。

勾陣靠著樹幹，有意識地重複深呼吸。她覺得氣喘，體溫正以驚人的速度下降中。

這裡平靜地瀰漫著死亡。光這樣待著，滿滿的死亡意念就剝奪了她的生氣。她現在才發現，不只黑色邪念會吸食生氣，光待在這座森林裡、光是呼吸，就會被奪走生氣甚至一切。
必須盡快找到昌浩，把他帶離這裡。
勾陣強撐起快彎下去的膝蓋，扶著一棵棵樹幹往前走。
被勾陣摸過的櫻花樹都增添了幾分活力，勾陣卻相反，生氣不斷流失。
被稱為神木的清淨樹木，會給觸摸者力量。而充滿污穢的樹木，會吸走觸摸者的生氣。虛弱的她，成了樹木最好的食物。
但她的神氣已經被連根拔除，不扶著樹幹，連站著都有困難。
恐怕從進入森林那一刻起，她與昌浩的生氣就被一點一滴地慢慢吸走了。
「咲光映和屍為什麼沒事呢……」
是咲光映說那個黑色邪念進不了這座森林，屍也表示同意。
然而，屍顯然不想進入這座森林。雖然最後還是照咲光映的意思去做，臉上卻寫著百般的不情願。
對了，那時候屍說了一句話。
——那些傢伙進不了那裡……可是停留太久會有危險。那東西……會吃吸食生氣。
被吸食了生氣，氣就會枯竭。
「那東西會吸食生氣……？」

勾陣重複記憶中屍說過的話，不由得停下腳步。
等等，難道是自己搞錯了少年說的話？
勾陣以為屍說的那東西，是指黑色膠狀物，昌浩可能也是這麼認定。
其實應該不是吧？屍指的是這座森林本身吧？
「被吸食了生氣，氣就會枯萎……氣枯萎……」
樹枯萎、氣枯萎、沾染污穢②——沾染污穢會招來死亡。
勾陣大驚失色，怪自己為什麼沒早點發現。
不能否認，自己確實是亂了方寸。因為生氣被剝奪，降低了思考力與判斷力。
儘管如此，這也是自己造成的失誤。
「昌浩……！」
必須趕快找到他。可是如無頭蒼蠅般亂跑，只會更快耗盡體力。
焦慮的勾陣低聲叫嚷：
「為什麼這時候你不在呢……你這個大笨蛋！」
有你陪在昌浩身旁的話，我就不會這麼著急了。
勾陣甩甩頭，毅然拋開焦慮，靠直覺往前走。
這時，白色東西閃過視野。

她下意識地移動視線。

臉色發白的屍，牽著身穿白衣的咲光映的手，驚恐狼狽地往前衝。後面好幾個人快追上他們了。

那些追著屍跑的男人，爭相發出怒吼聲，用盡所有字眼叫罵。

他們的身影瞬間變得透明。

勾陣張大了眼睛。他們的身影的輪廓，不時模糊地搖晃著。

正要去追他們時，又看到一團人與那一行人錯身而過，勾陣倒抽了一口氣。

是村長和那群男人。其中一人抱著咲光映，全身像塊破布的屍，搖搖晃晃地被拖著走。

他們看也沒看勾陣一眼，推著屍消失在黑暗中。

忽然，孩子們的笑聲傳入勾陣耳裡。

她回頭往後看。

花瓣從樹木間飄落，咲光映和屍把花當成了沙子堆著玩。

飄來其他氣息。

抬頭看著花朵的少女背後，有團黑影蠢蠢欲動。少女察覺異狀回頭看，大驚失色尖叫起來。

怪獸般的黑色東西撲向了少女，少年衝過去，結起手印。

啪嚓碎裂的異形，飛散四濺的血和肉片掉下來，少女嚇得昏過去了。

少年正要抱起昏倒的少女時，聽見慘叫聲的大人們趕來了。

他們不聽少年解釋，怒吼著毆打少年。

吹起了風。他們的身影消失了。又浮現其他場所的影像。

少女把手伸向了櫻花樹枝，少年從樹間跑出來。

——好漂亮，我想要一枝。

——折斷樹枝，樹木會作祟，所以不要折，櫻花樹尤其會作祟。

——可是這麼漂亮，我好想要啊。

——真是拿妳沒辦法……

少年蹙起眉頭，雙手結起了什麼印。沒多久，櫻花樹枝就自己掉下來了。

是帶著漂亮花朵的樹枝。

——你好厲害，謝謝。

少女的眼睛閃閃發亮。少年聳聳肩，正要離去時，少女抓住他的手問：

——你是誰呢？我是……

少女報上了自己的名字，少年只好回應她，驚訝的她微微張大了眼睛。

少年表情僵硬地甩開少女的手。從她的表情可以看出，她知道少年是誰。

然而，她的臉很快又綻放出燦爛的笑容。

——明天再來這裡吧，拜託你。

少女不等他回答，轉身就跑了，少年啞然目送她離去。

「這是……」

勾陣茫然地低喃。

好幾個光景消失又浮現。一次又一次，演出屍說過的情景。

那不是幻影，也不是蒸騰的熱氣。雖然輪廓扭曲、透明，但看得出來有血有肉。

吹起了風，花朵飛舞。使人瘋狂的花朵飄落。

同樣的光景反覆重現。同樣的笑聲、同樣的對話、同樣的吶喊、同樣的慘叫，在花朵飄落中，一次又一次反覆重現。

漫無止境，不斷地重複。

勾陣踉蹌幾步，趕緊靠在樹幹上。

生氣很快就被奪走了，但她還是那樣靠著，沒辦法動。

「……到底怎麼回事……」

滿腦子混亂的勾陣，聽見微弱的聲響。

呸鏘。

毛骨悚然的勾陣回頭看，那片遼闊的櫻花樹居然不見了，變成大沼澤，黑暗延伸到天邊。件站在水面上，直直盯著她。

呸鏘。

波紋向外擴散。

人面牛身的妖怪，徐徐張開了嘴巴。

『責難將不斷重複。漫無止境地重複，直到永遠、永遠。』

呸鏘。

響起水聲。

接著傳來少年、少女的嘻笑聲。

『懲罰將不斷重複。漫無止境地重複，直到永遠、永遠。』

呸鏘。

響起慘叫聲與怒吼聲。然後，浮現少年被痛毆到遍體鱗傷的身影。

『死亡將不斷重複。漫無止境地重複，直到永遠、永遠。』

呸鏘。

件嗤嗤獰笑，身體緩緩傾斜，濺起水花，沉入了黑暗水底。

霎時，勾陣聽見好幾個腳步聲。

肩膀驚愕顫動的勾陣回過頭，看到帶頭拿著火把的人與四名轎夫，面目猙獰地疾馳而去。

少年晚他們幾步出現。

看到他的臉，勾陣打從心底發毛。

那張臉沒有感情、沒有必死的決心、沒有憤怒、也沒有焦慮，只有冰凍的雙眸直直盯著火把的火焰。

當他們的身影消失在黑暗中時，花瓣發出聲響高高飛起。

勾陣回過神來，發現件的沼澤消失無蹤，眼前又是無邊無際的櫻花樹。

然後，流過好幾幕的情景。有時是改變順序回溯時間數列，有時是零零散散浮現，互不相連。

茫然看著那些畫面的勾陣，過了好久才搖搖晃晃跨出了步伐。

屍從她旁邊跑過去。男人們與屍錯身而過。異形出現。咲光映慘叫。

那些畫面包圍勾陣，浮現又消失。

這裡會使生物發狂。

花朵飄舞。如夢境般美麗的櫻花，嬌豔得可怕。

情景不斷重複。對話不斷重複。現象不斷重複。情感不斷重複。

每重複一次，邪念就在這裡堆積成墳塚，再用美麗的花朵隱藏起來。

然而，那些對勾陣都毫無意義。

昌浩，你在哪裡？我只想找到你。我要找的是你，不是屍或咲光映。

我才不管他們犯了什麼錯；我才不在乎件宣告了哪些預言。

我想見到的是你，昌浩，你的身影。

勾陣拖著沉重的腳步，微弱地、真的很微弱地低喃著。

「天空……」

包圍她的櫻花震顫了。

呸鏘。某處響起水聲。

件在背後嗤嗤獰笑。

「玄武、天一……」

吹起了風，件在她耳邊呢喃。

但勾陣絕不把臉轉過去。她堅定地看著前方，走向櫻花的陰暗處。

「太裳……天后……」

風撲簌簌地顫抖，樹木枯萎的氣息排空而來。

「白虎……太陰……朱雀……」

件不斷出現。重複預言。如詛咒般不斷地重複。

處處充斥著死者的遺憾，直到沒有盡頭的森林彼方。

「六合……青龍……」

不斷重複來魅惑人的光景，對勾陣來說毫無用處。

神將不會使用法術，也沒有陰陽師那種道具。

她只知道一件事。

知道在什麼都不確定的狀態中，有個依靠可以使自己的意志絕不動搖。

「騰蛇……！」

名字就是最短的咒語——對吧？安倍晴明。

黑暗擴散，花朵變色，成為招來死亡、招來死屍的紫色櫻花。

在白色煙霧裡，咲光映躺在地上，少年面對巨樹，把手伸向天空。

巨樹密密麻麻結滿花蕾。轎子的殘骸散落一地。黑漆漆的水花四處飛濺。

心跳在胸口深處怦怦劇烈作響。

屍追著轎子。然後，昌浩出現了。

——看到了。

黑曜石的眼眸亮起金色光芒，強烈的神氣從全身迸射出來。
勾陣拔出兩把筆架叉高高舉起，怒吼著揮出去。
周遭陷入引發耳鳴的靜寂，頃刻間通天力量爆裂。
十二神將勾陣使出渾身力量的一擊，把周邊的櫻花樹連根拔起拋出去，枯萎的氣息連同廣大森林的一角都被消滅了。

小怪的陰陽講座

②日文的樹枯萎、氣枯萎與沾染污穢的發音相同。

7

◇ ◇ ◇

沒有月亮的初一夜晚，黑影如風般疾馳在只有星光的京城。

黑影由翅膀烏黑的鳥帶路，沒多久便縱身跳入某棟宅邸的庭院。

坐在對屋外廊的十二神將六合站起來。

烏鴉飛到高欄上，張開一隻翅膀說：

『有勞你出來迎接，辛苦了，十二神將六合。』

六合無言地點點頭。

風音環視整棟宅邸、庭院，瞥一眼底部破洞的水池。

站在她旁邊的六合，指著庭院樹木說：

「放著不管，很快就枯了。我注入了神氣，但只是杯水車薪。」

風音觀察狀況，點點頭，轉過身去。

「小千金的病情怎麼樣？」

六合無言地搖著頭，表示不太好。

烏鴉推開拉門。

『安倍昌親，我家公主大駕光臨啦。』

嵬還沒說完，形容枯槁的昌親已經衝出來了。

看到他完全變了樣，風音驚訝地張大眼睛，憂心地說：

「希望可以幫上你的忙……」

「先進來吧。」

他們最後一次見面，是四年前因為海津見宮那件事。

當時，昌親遇見的是侍女身分的風音，那之後就沒再見過了。直到剛才他才知道，原來風音是道反大神的女兒。

他很驚訝，但也因此產生了希望，說不定真的可以驅除梓體內的妖氣。

「家人都在主屋。」昌親說。

風音點頭回應他說：「嗯，這樣比較好，看起來很嚴重呢……」

表情也緊繃起來的風音，跪坐在小千金枕邊，摸摸她的額頭，把手掌朝下放在她的胸口上方。光是這樣，手掌就感覺得到火辣辣的針刺般的邪氣。

「只做表面驅除，撐不了多久，必須斬斷根源。」

昌親不安地詢問抬起頭的風音：「根源？」

「是的……但不用擔心，只要給我一點時間。」

這是最後一線希望了。昌親鄭重地點點頭，為了不妨礙她，退出了房間。

風音抱起梓，讓她靠在自己的左肩，把右手放在她額頭上，閉上了眼睛。

她在探索年幼的梓的呼吸與血流的管道，盡可能與梓同步調。

緊閉的眼底，看到的是躲在梓體內深處，折磨著梓的妖氣的主人。

那東西已經潛入靈魂深處，盤據在從現世無法動手的區域。

◇　◇　◇

怦怦。

心跳聲作響。

「——」

風音輕輕張開眼睛。

這裡不是她軀殼所在的現世，而是魂魄的世界。人入睡時才能來這裡，但風音不用入睡，就可以來去自如。

不過，也有不能涉入的領域。

進入那裡，就不能出手了。

在藤花體內落地生根，與靈魂同化的妖異咒縛，就是那種狀況。

梓還沒進入那裡。

但年幼的梓，魂魄比較接近幽世而不是現世，所以很容易被拖進去。不趕快斬斷根源，會有危險。

沿著氣息前進的風音，找到梓躺在水邊的魂魄。

風音勉勉強強還能進入那個領域。從這裡再往前走，會逐漸變成只有死者、妖魔等存在，充斥著污穢的地方。

以前，昌浩追逐黃泉送葬隊伍時，也曾在身體極限內，進去過那裡。

鬆口氣抱起梓的風音，忽然眨眨眼睛，表情變得很緊張。

「魂、魂不見了？」

她焦急地四處張望。

「為什麼？跑哪去了？」

在這裡的只有接近軀殼的魄。少了魂，梓的人格會大變。

魂魄是所謂的陰陽，正如陰陽道的太極圖所示。

像兩個勾玉在圓圈圈裡面交接的陰陽圖，陰裡帶著些許的陽，陽裡帶著些許的陰，呈現完全均衡的狀態，沒有偏向任何一方。

人的靈魂也跟太極圖一樣。沒有完全的好人，也沒有完全的壞人。只可能稍微偏向哪一邊，不會只存在任何一邊。

魂是陽、是良心，是能夠與神相通的部分。魄是陰、是壞心腸，是容易與魔相通的部分。

然而，呈現梓的形體的魂魄，現在只剩下魄，魂很可能被妖氣轟走了。

在這種狀態下，即使妖氣徹底清除醒過來，梓的人格也會跟以前截然不同。

她會變成只有壞心腸的冷酷無情性格，一輩子都找不回良心。

「魂在哪裡?!」

風音抱著形體只有魄的梓，焦躁不已。

這時候響起了水聲。

呸鏘。

水面掀起漣漪。

風音把視線投向微波蕩漾的漣漪前方，看到水面上躺著透明的梓，還有個臉像人工製造的詭異變形怪盯著她。

她認得這個異形。

人面牛身。

「件……！」

會宣告不祥預言的妖怪，對驚愕的風音嗤嗤獰笑，緩緩張開了嘴巴。

◊　◊　◊

飄落堆積的花瓣遮蔽了地面，黑色邪念如龍捲風般，從那下面噴出來。

孩子們瞬間被高黏度的膠狀物吞噬，屍掙扎的手指沉下去不見了。

幾萬張臉如濁流般舔過地面、踹開花瓣，攀上樹根，興奮地顫動起來，旋即覆蓋粗大的樹幹往上爬。

被衝擊力拋出去的昌浩，拚命剝開纏繞身體的膠狀物，抬起頭來，不由得倒抽了一口氣。

四周的樹木都被推倒了。不只這樣，枯萎而死的樹木甚至被邪念吞噬，連根拔起來了。

昌浩按著膝蓋站起來，尋找屍和咲光映。

捲起漩渦的邪念湧向巨樹，盛開的花朵同時飄落，形成整團的花瓣。

一片片輕盈的花瓣，幾千片、幾萬片同時飄落，重量也十分驚人。昌浩使勁踢開纏住腳的膠狀物，逃開了飄落的花瓣。

掉下來的整團粉紅色花瓣，逐漸被染成枯萎的顏色。美麗盡失的花瓣變成深黑色，不知何時長出了兩個眼睛、一個嘴巴。

花瓣骨碌轉變方向，全都盯著昌浩。

污穢的意念擴散，包圍了昌浩。

「唔……！」

昌浩剝開纏住手的小臉，結起手印。

瞬間，他倒抽了一口氣。

櫻花被連根拔起後形成的地面破洞，土裡有白色的東西。

紛飛飄落的花瓣黏在那東西上面，逐漸堆積隆起，搖搖晃晃地直立起來。

「……骨頭……」

昌浩有自覺地發出嘶啞的低喃聲。

埋在櫻花樹下的無數白骨，被黑色膠狀物纏繞，歪七扭八地長出肉來。每踏出一步，膠狀物就往上爬，做出形體，逐漸變成人樣。

背脊掠過一陣寒顫的昌浩，不由得往後退，覺得腳好像被什麼纏住，往那裡一看，是只有骨頭的手抓住了他的腳。

沒肉也沒皮的骷髏上面黏著花瓣。枯萎顏色的花瓣瞬間變成黑色，扭扭屹屹地蠕動著，覆蓋了整個白骨。

倒下來的樹木不計其數，下面都埋著白骨。如鎮石般的大樹倒了，陸陸續續爬出來的白骨，因為得到自由而激動得顫抖。

爬上白骨的邪念，在各處變成與人類肌膚相同的顏色，一層又一層地堆積起來。原本只有骨頭的手臂、身體，被狀似肌肉的東西包住，逐漸變成黑色、枯萎顏色、肌膚顏色的斑駁模樣。

攀附在骷髏上面的膠狀物，做出了臉的形狀。

昌浩忍住噁心的感覺，驚愕地看著那些變出來的樣貌。

「村長……？」

那是咲光映的父親。站在他旁邊的人，是看守村長家的武裝男人。其他還有押著昌浩走的男人、把昌浩和屍關進小屋的男人。

昌浩赫然驚覺，抓住他的腳的人，不就是在宴會上暢懷高歌的老人嗎？

接二連三爬出來的白骨，被膠狀物纏住，全都變成了村人的臉。

沾染穢氣，又被膠狀物纏繞，白骨沒多久就變成了非人樣的異形。

昌浩回神時，已經被無數的怪物包圍了。

被邪念包覆的巨樹在顫抖。花朵同時凋謝的所有樹枝，又同時發出噗嘰噗嘰聲響開始長出花蕾。

昌浩的胸口像吞了冰塊般發冷。

心臟怦怦狂跳。

「污穢的……花……」

茫然嘟囔的昌浩，被纏在腳上的異形突擊，招架不住跌倒。無數的怪物一起撲向昌浩，把他壓住。

膠狀物按住他的額頭，無數張臉企圖撬開他的嘴巴，鑽進他的喉嚨。

昌浩極力掙扎，用右手結印，迅速畫出五芒星。

炸飛群聚的異形，邊劇烈咳嗽邊搖搖晃晃站起來的昌浩，在湧向巨樹根部的黑色波浪中，發現了咲光映的身影。

「咲光映！」

膠狀物纏住昌浩的四肢，企圖封鎖他的行動，他急得大叫起來。

「禁！」

破邪的力量把膠狀物炸飛出去，瞬間露出了粉紅色的堆積層，但很快又變成黑漆漆一片。

昌浩奔向咲光映。異形彈跳起來，撲向昌浩。

他拍手擊掌驅除異形，甩掉死纏不休的骷髏手，把手伸向咲光映。

抓到的手冷得像冰，撈上來的臉也比白紙還要白。

昌浩左手抱著少女，邊轉身邊在臉前結刀印。

「嗡阿比拉嗚坎夏拉庫坦！」

黏在身上的膠狀物爆開散落。

「縛鬼伏邪、百鬼消除！」

群聚的怪物遭受靈擊，一個個崩潰瓦解。白骨發出乾澀的聲響，沉入邪念裡，那裡便隆起了墳塚。

「急急如律令！」

周遭的怪物被炸得四分五裂。膠狀物噠噗作響、震顫，從沉入膠裡的白骨伸出黑色藤蔓般的東西，柔韌地大大彎曲，如鞭子般襲來。

「可惡……」

昌浩躲過襲擊，在地上翻滾，離開巨樹。怪物的手伸向他的腳。

被抓住了腳，昌浩向前趴倒，咲光映也因為衝力過強從他手中滾出來。

村長樣貌的怪物和其他怪物，同時撲向試著跳起來的昌浩，從膠狀物上面重重壓住昌浩。

動彈不得的昌浩，肺都快被壓扁了，痛得低聲呻吟。

村長樣貌的怪物，飄飄然地離開昌浩。膠狀物膨脹起來，半邊臉恐怖地變形，歪七扭八地鼓起來。

無數的怪物湧向咲光映，把她抱起來。

村長帶領他們，跪在聳立的櫻花樹前。

膠狀物纏繞著沉入膠裡的骨頭，到處鼓起，使怪物更加扭曲變形。樹幹被無數張臉覆蓋的巨樹震顫起來。更多的黑色邪念蜂擁而至，如狂亂的大海捲起驚濤駭浪。

膠狀物劇烈搖晃，村長把雙手伸向天空。彷彿以此為信號，怪物們高高舉起的少女的身體，恭恭敬敬地將她獻給了長滿花蕾的巨大櫻花樹。

不成聲的吶喊從怪物口中迸出來。如長聲吟嘯、如隆隆海鳴，低沉地、厚重地、遠遠地響徹雲霄。

昌浩的心臟怦怦狂跳。
——是被當成活祭品，獻給森林之神。
屍說的話在耳邊繚繞。
櫻花的花蕾顫動起來。從銅色花萼長出來的花瓣，不是粉紅色。
櫻花染上魔性，就會變色。
昌浩的心臟又狂跳一下。
招來死尸的櫻花樹叫尸櫻。
想要活祭品的是沾染魔性的樹木。
咲光映的手軟趴趴地下垂，脖子後仰，眼睛虛弱地閉著。
那個模樣，不知為何跟「她」的身影重疊了。
灰白色的火焰在昌浩眼底搖曳。
產生不自然的怦怦脈動。掛在衣服下面的道反勾玉顫動起來，如冷水的清冽波動般的靈氣逐漸膨脹。
「噢……唔……」
被壓在怪物下面，奮力撐住不要被壓扁的昌浩，雙手貼放在剝奪生氣的膠狀物上，把力氣注入手肘。

非比尋常的力量從全身湧現。昌浩知道那是什麼。
那是沉睡在自己體內的變形怪的力量；是天狐的白色火焰。
怦怦。
心臟狂跳。全身被污穢的意念纏繞，激發出了非一般靈力的力量。
黑膠是死者的遺恨，也就是所有負面情感的凝聚。長時間接觸，不斷被吸走生氣的昌浩，陰陽的均衡就快瓦解了。
昌浩自己也察覺了。
然而，停不下來，沒辦法停止。
件的預言在耳邊響起。
『——你將會喪命。』
『你將會喪命，死於所愛的人之手。』
怦怦。胸口逐漸冰冷。

昌浩的眼睛張大到不能再大。

死於所愛的人之手。

那句話是對誰說的？

當時，件是看著昌浩。起碼昌浩是這麼認為。然而，在件的視線前方，不只有他而已。

還有紅蓮、勾陣、屍和咲光映。

現在把咲光映當成活祭品，獻給巨樹的人，是父親模樣的怪物。

血脈相連的父親的屍骸，把女兒的生命獻給了魔性之櫻。

昌浩的眼眸深處，燃起了灰白色的火焰。

怦怦。

「謹請……」

無法壓抑的黑色情感，在胸口捲起漩渦。

「甲弓……山……鬼……大神……」

這時候，湧向巨樹根部的黑色波浪縫隙間，有隻手推開膠狀物，在半空中抓握。抽搐的五根手指，奮力伸向了咲光映。

心跳怦怦作響。

——我會保護妳。

是的，我會。

少年說的話，與那天的自己重疊，昌浩的視野被染成了白色。

「此……座……降臨……影……向……」

灰白色火焰在胸口搖曳，有人在火焰前冷冷嗤笑著。

那是誰？

「捆綁……邪氣……惡鬼……！」

胸口怦然震盪，火焰更熾烈了。燒得越烈，身體就越冷，像冰一樣。

灰白色的火焰開始從昌浩的身體微微冒出來。纏住昌浩的黑膠哆嗦顫抖，緊緊黏在手腳、脖子上。

替壓在昌浩上面的怪物做出身體的膠狀物，開始黏稠地融化，露出白骨，劈哩啪啦瓦解崩落。

昌浩邊甩落怪物的殘骸邊站起來，結印吶喊：

「此術斷卻兇惡，驅除不祥……！」

怦怦。灰白色火焰在體內最深處燃燒。

我許下過承諾。

我會保護妳。
昌浩拍手擊掌，閉上眼睛。
「謹請、天照大神、消滅邪氣妖怪……」
怦怦。
昌浩的身體深處強烈震盪，讓他產生天翻地覆的錯覺。
窒息般的劇烈疼痛貫穿脊髓，痛得昌浩叫不出聲來，把身體彎成く字形蹲下來，再也不能動了。
全身痙攣，呼吸困難，究竟是怎麼了？
「……」
他發現衣服下面的勾玉在震動。
強烈的震動與昌浩的呼吸同步調，衍生出包覆全身的波動。
這個勾玉第一次變成這樣。
隔了好一會，他才會意到是自己的力量失控暴衝了。
有無數張黑臉在眼旁嗤笑。昌浩想起那些都是負面意念的凝聚，碰觸到他們，身體就會染上污穢。
身體的污穢會使人感覺遲鈍、封鎖原有的力量、偏向容易靠近魔性的心。在失去冷

靜的狀態下動用力量，強勁的力道會返回自己身上，導致自我滅亡。

「可……惡……」

昌浩全身冒汗，奮力抬起頭。

怪物們包圍著他，膠狀物黏答答地滴落，露出裡面的白骷髏。

骷髏的牙齒嘎嗟嘎嗟作響，好像在叫喊什麼。

他們一起望向了巨樹。

那模樣與之前的村人們的身影重疊了。

他們盯著某個點，叫喊著什麼。被邪念纏繞形成的身體，不知何時又被邪念侵蝕，開始崩潰瓦解。

踏出去的腳從膝蓋脫落，怪物倒下來了。伸出去想撐住身體的手，也發出聲響碎裂潰散了。正要用剩下的腳爬行時，身體碎裂，只剩下頭滾落地上。

其他怪物也一樣，一個個崩潰瓦解。捧著咲光映的怪物們，保持那樣的姿勢不動了。

村長的臉崩塌一半，剩下的嘴巴微微抖動。

——都是你的錯。

村長對著從黏稠波動的邪念伸出來的手，不斷重複這句話。

都是你的錯、都是你的錯、都是你的錯、都是你的錯。

屍的手在半空中抓握，微微顫抖，像在做最後的掙扎。

無數的花蕾震顫，噗嘰噗嘰作響，要綻放花朵。

就在這個瞬間。

神氣在遠處爆裂，充斥周遭的污穢意念，全都被轟隆炸飛了。

面對突如其來的強烈衝擊，昌浩毫無招架之力，倒地不起。

「……唔……！」

還勉強豎立在周邊的枯萎的櫻花樹，被炸得支離破碎。倒塌的樹木彈跳起來，撞倒了剩下的櫻花樹。

怪物們的殘骸瞬間粉碎，被暴風吹得煙消雲散。

緊黏在地上的膠狀物也被剝起來吹走了。

被捧起來的咲光映也被拋飛出去，全身裹著膠狀物掉落地面。

被掩埋的屍也被推擠出來，拚命把手伸向掉落地上的咲光映，抓住她的手。剛才沉入膠狀物底下的屍，衣服被磨得破破爛爛，塞在懷裡的布掉出來，被攀附在巨樹上的膠狀物吞噬了。

覆蓋巨樹的邪念，硬是咬住樹皮不放，扭來扭去地蠕動，搜尋發動了攻擊的敵人。

無數張臉同時望向某個點。

正面迎向衝擊的昌浩，痛得頭暈目眩，無法動彈，只能定睛凝視，邊搜尋某個身影邊發出嘶啞的低喃聲。

「……勾……陣……」

剛才的爆裂是十二神將勾陣的神氣。

有個身影從白色煙霧前搖搖晃晃地走過來。

昌浩鞭策到處都沒有知覺的身體，勉強撐起上半身。

看到昌浩的勾陣張大了眼睛。

「昌浩！」

她的語氣交雜著憤怒與安心，步履蹣跚地衝過來，扶起昌浩。

昌浩環視周遭，發現五座墳塚都崩塌了。

被邪念吞噬後，又被剛才的衝擊徹底摧毀了。

變成髒污顏色的花瓣堆積層下，露出幾具白骨。

「那是……」

在勾陣攙扶下站起來的昌浩，拖行地走向原來有墳塚的地方。
巨樹哆嗦顫抖，所有樹枝上的花蕾都如怒吼般即將綻放花朵。
突然，綻放停止了。
抱著咲光映的屍，屏住氣息抬頭看著櫻花樹。
察覺周遭空氣驟然改變的昌浩，停下腳步，仰頭看著櫻花樹。
攀附在櫻花樹幹、樹根的膠狀物，喜悅地顫抖起來。
「怎麼回事……唔！」
猛然響起強烈的耳鳴，昌浩用雙手摀住了耳朵。
飄散的負面意念瞬間變了質，現場逐漸充滿完全相反的波動。
心跳在昌浩的胸口深處怦然作響。
他以為是天狐的白色火焰，嚴陣以待。還好不是，勾玉沒有動靜，所以不是他的力量失控暴衝。
那麼，是什麼？
不成聲的短短慘叫，貫穿了疑惑的昌浩的耳朵。
就在昌浩轉頭看的同時，勾陣面朝上倒下去了。
昌浩大驚失色。

「勾陣?!」

昌浩抱住倒下去的勾陣。在這之前看起來比昌浩剩餘更多體力的勾陣，急遽衰弱，失去了意識。

昌浩察覺從她體內散發出來的神氣越來越虛弱，湧現不祥的預感。

「勾陣、勾陣，妳醒醒啊……！」

不管昌浩怎麼搖，勾陣都沒張開眼睛。裸露部分的肌膚冷得像冰，沒有半點血色。

「怎麼會這樣……」

恢復意識的咲光映，不安地走向茫然若失的昌浩。

「怎麼了？」

「不知道，她突然……」

咲光映戰戰兢兢地環視周遭，看見帶點髒污的東西，掉在黑色膠狀物蠕動的巨樹根部，頓時臉色發白。

「該不會是……」

咲光映看著屍。

曾經全部凋謝過一次的櫻花，眼看著就要再開出紫色的花朵。然而，同時綻放的花瓣卻變成了美麗的粉紅色。

吹起了風。

黑膠蠕動著脫離樹幹，遠離樹根，不知道消失到哪去了。

一枚花瓣翩然飄落。

緊接著，一枚又一枚不停地凋落，隨風飄去。

淒慘地枯萎到什麼都不剩的曠野，又開始有花瓣飄落了。

仔細看，連櫻花樹被連根拔起倒下的地方，都冒出了新芽。

遍佈各處的新芽，很快地長高、長胖、長出支幹，枝繁葉茂。然後，瞬間結滿花蕾，轉眼就同時綻放了。

昌浩呆呆看著無限延伸的櫻花森林復甦的模樣。

不知道發生了什麼事。

他緩緩轉動脖子張望。

剛才滿溢的邪念都被消滅了。污穢的意念並不只是因為勾陣的通天力量爆裂而被沖走，是連本身的存在都不見了。

起碼，這裡已經成了很普通的森林。

昌浩這麼想，卻又搖了搖頭。不對，不會枯萎的櫻花並不尋常。

花落又花開，不停綻放的櫻花，完全沒有負面的意念。不但沒有，還強而有力地釋放出清爽的氣息。

沒錯，簡直就像神氣。

「神氣……？」

閃過自己腦海的想法，令昌浩不寒而慄。

突然倒下來的勾陣，衰弱的速度驚人，彷彿與生俱來的所有生氣、神氣都被瞬間剝奪了。

昌浩又望向森林之主的櫻花樹，發現咲光映和屍蹲在樹根的地方。

咲光映表情扭曲地轉向他，手中握著點點黑色污漬的布。

少女搖搖晃晃地走過來，跪下來，把那塊布遞給昌浩。

「這是什麼……？」

昌浩有不祥的預感。

站在咲光映後面的屍，用壓抑的語調說：

「透過擦拭傷口的布……」

昌浩的胸口怦然跳動。變成黑色的污漬是血跡嗎？

誰的？

昌浩低頭看動也不動的勾陣，看到她凌亂的頭髮、額頭上鮮明的傷痕。

「她所有的力量都被沾染魔性的櫻花吸光了。」

咲光映忍不住掩面哭泣，單薄的肩膀微微顫動起來。

聽著傳來的嚶嚶啜泣聲，昌浩反問的語氣卻異常冷靜。

「被櫻花樹……吸光了？」

充滿櫻花樹的力量，正要使結滿巨樹樹枝的所有花蕾，都綻放出紫色、污穢的花朵，那股力量卻在瞬間完全被神氣取代了。

不只巨樹，連森林中所有被邪念污染而枯萎的櫻花樹都復活了。要讓花朵再次綻放盛開，究竟需要多大的生氣呢？

咲光映壓抑嗚咽聲，只流著淚，屍輕輕擁住她。

「不要哭了，咲光映。」

少女只是搖頭。

「我不該接下那塊布。」

屍看勾陣不知道如何處理那塊布，就接過來塞進了懷裡，因為他覺得扔掉會有危險。

「不，不是屍的錯，是我……」

是我不該起了惻隱之心。當時，她根本不在乎傷口、不在乎出血。
在乎的是咲光映自己。看著左眼張不開的勾陣，咲光映自己沒受傷卻覺得疼痛，怎麼樣都不能置之不理。
昌浩心裡明白不是他們的錯，但沒對他們說什麼。
勾陣失去這麼多的神氣，能不能平安無事呢？
昌浩大腦一片混亂，沒辦法集中思考。
因為他知道。
十二神將不是不死之身。
被稱為天乙貴人的十二神將，在遙遠的過去曾經喪命。
怦怦。
心跳加速。
勾陣動也不動，身體逐漸冰冷，昌浩不知道可以為她做什麼。
怦怦。
微微顫抖的昌浩，仰望櫻花樹。
櫻花美麗如夢，就像那天夜晚。
「……爺爺……！」

8

梓漂浮在水面上的魂，越來越透明。

佇立的件的眼睛，閃過邪惡的光芒。

『妳的手……！』

霎時，光刃刺穿了件的眉間。

揮出刀印的風音，冷冷地對愕然張大眼睛的件說：

「住嘴，妖怪，你的預言對我毫無意義。」

盈溢雙眸的光芒，帶著雷電般的剛烈。

風音把結起的刀印貼放在嘴上，半垂下眼皮。

「縛。」

竹籠眼模樣的光網纏住妖怪全身，把妖怪五花大綁。

眼睛毫無情感的件，身體微微抽搐，嘴巴張張合合。

「你的喉嚨被我封鎖了，你就要毀滅了。」

嚴厲的語調，清清楚楚地說出了每一個字，說得超慢。

注入言靈的力量，可以成為祝福，也可以成為詛咒，全看個人的意念。風音的這股力量，比一般人類強勁。

她瞪著不能動的件，高高舉起右手，擺出召喚的姿勢。

浮在水面上的魂，颼地飄過來。

件的眼睛注視著魂。於是，魂的動作靜止了，水面掀起幾道波紋。

儘管被五花大綁，件還是面無表情地踏出了前腳，水面又掀起新的波紋。臉上沒有一絲情感的件，使出全力向前走。

被法術封鎖還能迸放出來的可怕妖氣，攪亂平靜的水面，捲起波浪。

魂被波浪擺弄，加快了透明化的速度。浮在水面上的身影沉沒一半，黑髮吸滿水垂落到水底。件慢慢逼近漂浮搖曳的魂，舉起前腳，企圖踩破魂單薄的胸口。

在蹄子往下踹時，風音騰空躍起，揮動的右手顯現劍影，那是現世的神劍。

刀尖如疾風般滑過水面，畫出光的軌跡橫掃出去，把前腳從身體砍斷。

風音左手抱著魄，跳到件的背上，反轉手腕把刀尖朝下，插進妖怪的頭頂。

受到重重一擊的件，翻出白眼。

風音冷冷地拔起劍，甩一甩，砍斷妖怪的脖子，從濺起水花沉沒的背部彈跳起來，用神劍消失的右手撈起快被水吞噬的魂，奔向岸邊。

在岸邊轉身的風音，放下兩個梓，緊盯著水面。

她必須確認件被徹底消滅了。那是妖怪。在這個地方，妖怪比在現世更不容易死亡。

瞪著波濤洶湧的水面，搜尋有沒有殘餘妖氣的風音，看到水面平靜下來，變得像鏡子一樣，終於鬆了一口氣。

「太好了，打倒它了……」

這是風音的真心話。

在這裡，風音的力量會減半，只有影子的神劍，威力也會減半。

「要趕快走。」

繼續待在這裡，會被更拉近幽世。梓原本就是個身體虛弱的孩子，所以魂比其他孩子更接近幽世，不能再遲疑了。

風音把兩個梓像太極圖般交叉並排。右邊是魄，頭朝向風音。左邊是魂，腳尖朝向風音。

她拍手擊掌，閉上眼睛。

「天之息、地之息，天之比禮，地之比禮。」

除了她的聲音外，沒有其他聲響。美麗的音韻向遠處悠揚擴散。

「遠神惠賜、遠神惠賜、遠神惠賜……」
祝辭融入黑暗中。
抬起眼皮的風音，確定完全恢復陰陽後，抱起由魂、魄合成的梓。
「走，回去吧。」

呸鏘。

正要離開時，聽到水聲，風音停下腳步。
她緊張地回頭看。
什麼都沒有的水面，掀起了漣漪。
有東西啵地浮出鏡子般的水面。
不是件。
定睛凝視的風音，看出那是灰白色的花朵迷濛盛開的森林。
如雪片般飄落的花瓣裡，有個沮喪的身影。
「昌浩……？」
躺在特別高大的樹下的纖瘦身影，風音也認得。

兩人在櫻花森林裡。不管怎麼找，櫻花森林裡都只有他們兩人。

漣漪擴散。

好幾個黑影延伸向各個角落。

默默看著水面的風音，憂心地蹙起眉頭，轉身離開了現場。

◊　◊　◊

抱著梓文風不動的風音，眼皮突然顫動起來。

昌親倒抽了一口氣。

風音大大吸口氣，緩緩張開眼睛。

連眨幾下眼睛後，她平靜地抬起視線。

顯得侷促不安的昌親，緊閉著嘴巴。風音對他點個頭，把梓交給他。

「梓……？」

昌親戰戰兢兢地呼喚。

心愛的女兒跟剛才完全不一樣，發出了祥和的鼾聲。昌親摸摸她的額頭，發現她的體溫跟自己的手差不多。

他抱緊梓，顫抖地喘了一口氣。

「謝謝、謝謝，真的很感謝。」

不斷感謝的昌親，濕了眼眶。風音微笑著搖搖頭，爬起來。

「那麼，我該走了。」

沒想到她會這麼快告辭離去，昌親慌忙說：

「請等一下，不用這麼急……」

她是女兒的救命恩人，起碼要款待她一下。昌親趕緊放下女兒，要站起來，但被風音委婉地制止了。

「不，能幫上你的忙，我就很滿足了。」

風音微微一笑，毫無掛念地走出了對屋。

看著她毅然離去的背影，昌親驚慌失措，不知如何是好。

幫他解圍的是嵬。

『不用煩惱，安倍昌親。』

烏鴉站在矮桌上，高傲地挺起胸膛。

『我家公主十分繁忙，還有人等著她回去呢。』

看昌親好像有話要說，烏鴉攤開一隻翅膀，苦口婆心地勸他。

『你還有很多事要做吧？快去告訴家人，你女兒沒事了啊。還有，』烏鴉環視房內一圈，皺起眉頭說：『還飄散著妖氣的殘渣，要靠你自己淨化了。你也是安倍家的陰陽師，應該還有這點能力吧？』

烏鴉跩到不行的口氣，緩解了昌親緊繃已久的心。

昌親把臉扭成一團，用一隻手蒙住眼睛，垂下頭來。

看到昌親的肩膀微微顫抖，嵬東看看西看看，骨碌轉變方向，假裝忙著啪沙啪沙整理羽毛。

這樣整理了好一會，聽見大大的嘆息聲，判斷昌親已經平靜下來，嵬才又轉過來面對他。

昌親靦腆地笑著站起來。

「我去告訴家人。謝謝你，嵬大人。」

『呵，不用謝。』烏鴉甩甩一隻翅膀說：『好了，你快去、快去。沒辦法，我幫你看著女兒吧。』

被盛氣凌人卻又帶著溫馨的烏鴉催促，昌親快步走向對屋。

躺在墊褥上的梓，發出祥和的鼾聲。

看著她好一會的烏鴉，聽到好幾個腳步聲向這裡靠近，便移到木門前。

家人在昌親的帶領下，一個個進來了。看到家人們圍著墊褥，流下高興的淚水，疲憊的臉上露出笑容，嵬對著昌親舉起翅膀告辭，打開木門，溜了出去。

啪哕啪哕拍振翅膀飛上屋頂，就看到風音與六合並肩坐著。

嵬飛到風音肩上，先瞪六合一眼才張開鳥嘴說：

『不愧是我家公主，輕而易舉就把安倍晴明才救得了的命救回來了。』

風音聳聳肩苦笑著說：

「還有陰陽師能救她啊，不一定要靠我。」

這次是湊巧自己最方便行動而已。

「對了，我有點擔心一件事。」

六合露出深思的眼神。

『什麼事？』

風音對欠身向前的嵬說：

「嵬，你可以先回竹三条宮，陪著公主她們嗎？」

『啊？』

「在我們回去之前，公主和藤花就交給你了。」

我們？

烏鴉在嘴裡低聲沉吟，狠狠瞪了六合一眼。

感覺到兇狠目光的六合，幾乎不為所動，漠然以對。

都四年了，他也差不多習慣了。

以射殺般的眼神瞪著六合的烏鴉，在喉嚨裡咕嚕咕嚕低囔，把感慨萬千的情緒埋入心中，片刻後才回應：

『是……遵命。』

「我辦完事會馬上回去，你不必太擔心。」

『是。』

「還有六合陪著我。」

『是……』

嵬唔唔噥噥低吟，把千言萬語吞入喉嚨深處，翩然起飛。

在風音上空依依不捨地盤旋三次，才拂袖而去似地拍振翅膀，往竹三条宮方向飛去。

目送它離去的風音，直到它的身影融入黑暗中，才歉疚地看著六合說：

「對不起，彩輝。」

「沒關係。」

六合搖搖頭。他真的不在乎，因為現在只要面對一隻。

在風音出生的故鄉道反聖域，有三隻體型更大、個性更難應付的守護妖，還有最大的難關，就是她的父親。比起那些，這根本不算什麼。

六合眨個眼睛，把話題拉回來。

「說吧，妳擔心什麼？」

「呃，」風音歪著頭回應他說：「小千金被邪念吞噬，下落不明，是你發現了她吧？」

六合默默點個頭。

「我想去那裡看看，可以帶我去嗎？」

六合當然一口答應了。

兩人到那棵櫻花樹下時，是月份交替的丑時過後。

竹三条宮的脩子她們，應該都入睡了。

風音希望可以在天亮前回去，看著脩子醒來。

只有些微星光照耀的櫻花樹，在黑暗中絢麗地盛開著。若不是時機不對，很可能看

得忘了時間。

飄落的花瓣已經鋪滿地面，卻還剩一半以上的花，還有還沒開的花蕾。

樹幹這麼粗的櫻花很少見呢，風音這麼想，伸手觸摸樹皮。

傳來充滿活力的強勁波動。

「前些日子，曾經受到污染，沾染魔性，被晴明和昌浩淨化了。」

聽六合這麼說，風音瞠目結舌。

她絲毫沒有察覺發生過那種事。

這棵櫻花樹散發清爽的氣息，幾乎可以稱為神木。等級不算高，但也有木魂神棲宿。

這樣的櫻花居然會沾染魔性。

「樹木枯萎的現象果然更嚴重了……」

她一直在努力防止京城內的樹木枯萎，但重心全放在京城，所以不清楚京城外的樹木枯萎到什麼地步了。

觸摸樹幹好一會後，風音眨眨眼睛，按住了額頭。從粗糙的樹皮裡面，傳來櫻花正在吸水的感覺。

舉例來說，就像脈動，是生命的見證。如美麗的旋律般，讓樹木的力量循環、讓氣

在世界循環。

風音腦中浮現兩個身影，從樹後面出來，強行撬開了空間。

是少年與少女，少年揹著梓。

穿著白衣的少女哭著道歉。看著少女與梓的少年，眼神異常冷冽清亮。

兩人的身影從樹間消失，空間也關閉了。

感覺是兩個世界相連，空氣交叉融合了。沒有完全混合的異界空氣，還纏繞著櫻花樹殘留在這個世界。

探尋那股氣息的風音，赫然屏住了呼吸。

「怎麼會這樣……？」

「怎麼了？」

風音轉向疑惑的六合，皺起了眉頭。

「其他世界與現世重疊了，小千金應該就是被拖進了那個世界。」

有人硬是把兩個世界湊在一起，透過邪念綁走了梓。

那個世界的空氣酷似道反聖域。

「件對小千金宣告了預言吧？」

「是啊。」

——消失於同袍之手……

昌浩出現的面相、花和水滴，指的就是那件事嗎？

「昌浩、騰蛇都行蹤不明。」

他們都在昌親家的庭院，與梓同時被黑色邪念吞噬，突然消失了蹤影。

風音在件沉沒的水面上，看見了下落不明的他們。

那裡的櫻花森林非常美麗，從沒見過那麼美的櫻花樹。

吉野的櫻花繽紛絢麗，但長在山地上，所以那裡不是吉野。

風音看見的森林，是在廣大遼闊的平地上，像黑暗中迷濛的櫻雲森林。

她想起浮現水面的光景。

只看見垂頭喪氣的昌浩、躺在地上的勾陣，怎麼仔細看都找不到騰蛇。

「晴明大人的下落也……」

六合沉默不語、垂下眼睛的模樣，說明了一切。

風音垂下眼睛，低頭沉思。

梓體內的妖氣，由波動來看，的確是安倍晴明釋放的力量，只是性質不同。

那麼，是晴明使喚件來綁走昌親的女兒嗎？怎麼可能。

晴明行蹤不明，但她知道昌浩他們所在的地方不是現世。那個世界是她不熟悉的地方，但幸好有殘渣留在櫻花樹上，可以追溯得到。

把時空相連、撬開，應該也做得到。

問題是與這個人界交重疊存在的時空，多不勝數，無法確定是哪個。

最好是有什麼線索，但風音只知道是有片廣大櫻花森林的世界。

從各方面反覆思考的風音，疲憊地嘆了一口氣。

「不知道的事太多了。」

秀麗的臉龐，忽然多了幾分厲色。

對梓宣告預言的妖怪是件，它刻意在接近幽世的地方，把梓的魂與魄分開，企圖奪走魂，只把魄留在體內。

自古以來，人們便傳說件的預言一定會靈驗。

唯獨可以確定的是，在件宣告預言的瞬間，所有一切就會繞著那個預言轉動。並不是命中註定會那樣，而是件的預言會扭曲命運。

即使大腦明白是這樣，人的心還是會被件的預言魅惑，越是想逃開就越會照著預言去做。

要斬斷這樣的趨勢非常困難，幾乎沒有人可以戰勝預言。

聽見風音的嘆息聲，六合平靜地開口說：

「差不多該回去了。」

風音默然點頭。

吹起風，飄散的花飛過風音肩頭。

剎那間，花朵看起來像是紫色。她驚愕地定睛確認，每片飄落的花瓣都是接近白色的粉紅色，她心想可能是自己看錯了。

◇ ◇ ◇

呸鏘。

響起水聲。

——用不著妳了。

從遠處傳來很可怕的聲音。

——因為找到其他人了。

纏繞身體的東西，剝落消失了。

——所以，全部遺忘吧……

響起水聲。

呸鏘。

呸鏘……。

◇ ◇ ◇

第二天早上，梓醒過來了。

看見父母都圍在墊褥旁，忐忑不安的樣子，梓疑惑地眨眨眼睛。

「父親、母親，怎麼了……」

自己的聲音竟然有點嘶啞，又不太發得出來，梓訝異地爬起來。

身體使不上力，搖晃了一下，父親慌忙伸手攙扶，她才沒倒下去。

「有沒有想要什麼？」母親問。

梓偏頭想了一下。

「……我口渴。」
「是嗎？等等哦，我馬上拿開水來。」
母親用袖子擦拭眼角滲出來的淚水，急忙走出對屋。
梓看著攙扶自己的父親，疑惑地歪起了脖子。父親只在單衣上披著狩衣，頭髮也有點散亂。
臉色看起來很疲憊，梓從來沒看過這樣的父親。
「父親，你怎麼了？不用準備去工作嗎？」
溼了眼眶的父親，溫柔地回她說：
「嗯，父親今天請假了。」
梓說那就好，瞇起了眼睛。
然後，在耳邊響起的水聲吸引了她的注意力。
呸鏘。
父親發現梓的眼睛遙望遠處，大驚失色。
「梓，妳怎麼了？不舒服嗎？快告訴父親。」

突然很想睡覺的梓搖搖頭說：

「沒有……只是覺得……」

響起水聲。

她遠遠看見人面牛身的妖怪，緩緩轉身離開了。

響起水聲。

件的身影消失在向外擴散的波紋中，每當水聲震響，可怕的預言就逐漸被刪除。

呸鏘。

——全部遺忘吧……

梓咚地垂下脖子，墜入了深沉的睡眠。

昌親一陣驚慌，後來發現她只是睡著了，才吐光肺氣似地喘口大氣，輕輕把她放下來。

千鶴端著倒入開水的碗進來了。

「梓。」

看見昌親用手指按住嘴巴，千鶴把碗輕輕放在桌上，注視著睡得很香甜的女兒，終於安下心來。

後來，過了午時才醒來的梓，從在庭院玩到現在的事，全都忘記了，彷彿只有那段記憶被削去了。

9

◊
◊
◊

抱著膝蓋打盹的昌浩，猛然醒過來，環顧四周。

森林之主的櫻花樹怒放，花瓣如雪片般飛舞。

勾陣虛弱地閉著眼睛，躺在那棵非常美麗的櫻花樹下。

昌浩站起來，走向她。

靠近她，她也文風不動。這是昌浩第一次看見，身為鬥將的她沒有任何反應。

昌浩坐在她旁邊，呆呆看著飄落的花瓣。

接下來該怎麼辦，他怎麼想都想不出答案。

勾陣還活著，只是昏沉地睡著了。生氣與神氣都用光了，沒有力氣醒過來。等她一點一點慢慢復元，就會醒過來。

但是，要等到什麼時候，完全無法預測。

勾陣號稱十二神將中第二強，也就是說，勾陣這個容器所盛裝的通天力量的容量，也是排名第二。昌浩看過幾次勾陣使出全力的情景，只有驚人兩個字可以形容，現在那些力量全用光了。

設身處地去想，就很容易理解，她已經虛弱到超乎想像。

在這種狀態下不可能帶著她走。但也不能把她丟下來，萬一現在被黑膠攻擊，她很快就沒命了。

不曉得嘆第幾次氣時，昌浩發現屍不知何時站在他旁邊。

「咲光映呢？」

被問的少年默默指給昌浩看。

咲光映靠在巨樹旁的年輕櫻花樹上，閉上了眼睛。

昌浩微微一笑說：

「總覺得她經常在睡覺呢。」

屍垂下眼睛，背對昌浩坐下。

「睡覺可以忘掉一切。」

這個低聲的回應，令昌浩驚訝。

少年的背影似乎不想讓昌浩說任何話。昌浩閉上剛張開的嘴巴，任由屍自顧自地說。

「我們一直待在這座森林裡。」

兩個人不停地逃出村子，不停地跑、不停地跑。

但小孩子跑不了多遠，很快就被追來的人抓到了。

然而，屍他們回到村子時，已經太遲了。

森林之神震怒發狂，奪走了所有村人的性命，整個村子也被黑色邪念吞噬消失了。

剛才撲上來的怪物們的身影，閃過昌浩腦海。發不出聲音的他們，嘴巴裡不斷重複著相同的話。

都是你的錯、都是你的錯、都是你的錯、都是你的錯。

難道他們要說的是，村子會滅亡、所有人會被殺死，都是你的錯？

「我和咲光映必須贖罪。」

昌浩的心發毛，耳邊響起件說的話。

『懲罰將不斷重複。漫無止境地重複，直到永遠、永遠。』

村人被埋在櫻花樹下的屍骸，全都化成了白骨，可見經過了漫長的歲月。

然而，昌浩卻跟屍一起被男人們押進了村子裡。村長也追咲光映，追進了森林裡面。

村子廣場燃燒著篝火，舉辦了慶祝咲光映婚禮的宴會。

村人們都還活著，昌浩明明親眼看見了。

即使看見他們從土裡爬出來，還是無法相信那全都是遙遠的過去。

「在這座森林裡，不斷重複著那時候的日子。永遠記得這一切不會忘記，就是我的懲罰。」

他跟她邂逅了好幾次，救了她好幾次，帶著她逃走了好幾次，也發過很多次誓會保護她。

這裡是昌浩不認識的地方，時間的流逝也不一樣。他無從知道，他們是活在什麼時代？那個村子又是在什麼時代消失的？

可能是過去，也可能是遙遠的未來。或根本是另一個世界，與昌浩活著的人界不同。

不過，他們確實存在。每隔幾十年就把活祭品獻給森林之神，換來雖然不短但絕非永遠的和平。

「那些日子永遠在這座森林不斷重複。醒來時，一切就開始了，睡著後就消失，不留痕跡，不論是約定或任何事……這就是咲光映的懲罰。」

件說過這個預言。不對，那不是預言，只是陳述事實。

『懲罰將不斷重複。漫無止境地重複，直到永遠、永遠。』

屍看著咲光映沉睡的臉，難過地瞇起眼睛。

不管多少次，我每天都會告訴妳，我會保護妳。

因為妳睡著就會忘了這件事。

但我每次告訴妳，妳都會開心地點頭，所以不管多少次，我都會告訴妳。

——我會保護妳。

因為我違逆神，把妳帶出來，絕不能讓妳死去。

——我會保護妳。

保護包圍我們的世界。這個世界真的很小，但我不知道其他容身之處。

——我會保護妳。

我從來沒想過，逃出來後會怎麼樣。因為我只在乎當下，不需要其他任何東西。

名字被剝奪的少年，在絕對出不去的森林，承受永遠的責難。但他還是堅守誓言。

握緊他的手的少女，在絕對出不去的森林，承受永遠的懲罰。但她還是選擇跟他在一起。

兩個人都不曾走過不同的路。

在他的人生中，不斷重複著對她而言的新邂逅。在他的人生中，不斷重複著對她而言的第一次誓言。

「我會保護妳……」

屍刻骨銘心似地低喃，站起身來。

看著少年走向咲光映的背影，昌浩有種無法形容的心情。

怎麼會這樣？看著他們，明明心痛不已，卻又忍不住憧憬他們。

在遙遠的那天，若是牽起她的手，一切就會不一樣吧？

當時，若拋開所有一切，說不定現在她就在自己身邊了。

然而，昌浩沒選擇那麼做。他只是一心為她的幸福祈禱。為了她永遠的幸福，他發誓會保護她。

酷似那時的自己的少年，與酷似那時的她的少女，相依相偎。

昌浩覺得呼吸困難，痛苦得無法思考任何事，好羨慕他們。

儘管聽說了他們受到的責難；儘管聽說了他們受到的懲罰。

昌浩還是壓抑不住澎湃湧現的情感。

那棵櫻花樹下的身影，是無法實現的自己，與得不到的她。

在付出許多犧牲、永遠不斷重複的時間中，不管要忍受多少難過、痛苦、悲傷，他們還是在一起。

昌浩仰望天空。

盛開的櫻花點綴著黑夜，真的美到令人屏息。

『死亡將不斷重複。漫無止境地重複，直到永遠、永遠。』

妖怪說的話，既是事實的陳述，同時也的確是預言。

屍單腳跪在咲光映身旁，輕輕拍落她頭髮上的花瓣。

文風不動的她，臉上毫無血色。

不停地重複又重複，不曾留下記憶的日子，確實腐蝕著少女的身心。

即使不會有記憶，那晚呈現的光景，還是會逐漸損毀她的心。

為了防止這種事，必須從某處斬斷在森林中的日子。

因為屍發過誓。

——我會保護妳。

我知道需要用什麼來取代妳。但把那些都獻出去了還是不夠，從很久以前我就知道，總有一天，尸櫻會來奪走妳。

為什麼呢？妳是如此虛無飄渺，弱不禁風。

我卻只要有妳在身旁就行了，妳勝過所有在森林裡沉睡的同胞、勝過被稱為神的任何人事物。

把堆積起來的無數屍骸當成苗床而盛開的櫻花，既美麗又可憎。

尸櫻在追逐活祭品；追逐很久以前應該得到的活祭品。

但屍知道，獻出取代的人，就能爭取時間。

不久後，就可以破壞無法脫離的森林了。這次可以完全脫離這裡，他要讓永無止境的責難、永無止境的懲罰，從此結束。

「放心吧，咲光映。」

稍微動了一下的咲光映，靠在屍的身上。她的肌膚冷得像冰，由此可知她的時間不多了。

「我絕對會保護妳。」

屍喃喃說著，瞥了巨樹一眼。

十二神將沉睡在那棵樹下。果不其然，那些傢伙咬住了沾有她的血的布。

於是，就快沾染魔性的櫻花復元了，挽回了即將失去的時間。

沒問題，他知道用什麼來取代。

因為在遙遠的過去，他曾試過一次。

「不過，現在要讓那人稍微休息一下……」

再等一會，就能用來取代了。

恍如唱歌般呢喃細語的少年，瞥一眼躺在巨樹下的十二神將勾陣。隔著飄落的櫻花投向勾陣的眼神，幽暗冰冷。

膠狀物般的邪念，窸窸窣窣起伏波動，數千、數萬張臉吧嗒吧嗒張開嘴，不停地蠕動著。

層層交疊的邪念波浪，逐漸淹沒堆起的紫色花瓣。

不斷紛飛飄落的淡紫色花瓣，一碰到膠狀物就變成黑色，長出新的臉，繼續增生繁殖。

自由自在蠕動的黑膠，突然震顫起來，扭動身體，如退潮般從尸櫻的根部消失了。

◇ ◇ ◇

有個身影踩過花瓣，逼向了花瓣的堆積層。

吹起了風，花朵飄揚飛舞。

原本靜止不動的花瓣堆積層，被頂起來，崩塌散落。

全身都是淡紫色花瓣，白毛血跡斑斑的小變形怪，搖搖晃晃地爬出花堆。

「唔……」

貫穿背部、腹部的傷口，滴滴答答流著鮮血。它的生氣不斷被剝奪，光要保住性命就很困難了，根本沒有餘力治療傷口，就快昏倒了。

「昌浩……勾……」

必須趕快回到他們身旁。

它心急如焚，身體卻完全不聽使喚。

踏出去的前腳垮下來，它又倒在層層重疊的花瓣上。

呼吸淺而短促的怪物，被伸過來的手抓起來。

十二神將朱雀輕易抓住它的頸子後面，把它的臉拎到自己的眼睛高度，語氣淡然地說：

「你還真能撐呢，騰蛇。」

四肢無力下垂的怪物，緩緩張開眼睛，用帶著淒厲的尖銳聲音說：

「朱雀……你這小子……！」

怪物的眼神彷彿要將朱雀射殺，但朱雀全然不為所動。

「我還避開了要害呢。」

負責弒殺神將的朱雀滿不在乎地回應，怪物對他齜牙咧嘴。

「那還是很痛啊！把火焰之刃給我，我也要讓你嘗嘗有多痛……！」

咆哮怒吼的怪物，驟然屏住呼吸，表情扭曲，低聲呻吟。傷口依然血流不止，不順暢的呼吸越來越淺。

朱雀心想丟下它不管，它真的會死。

雖然避開了要害，但也刺穿了靠近要害的地方。朱雀冷靜下來思考，搞不好它的生命會就此消失，但真是這樣的話，也只能說是天命了。

朱雀的目的，是要削弱最強的戰力，封鎖它的神氣，使它失去力量，並不是想殺了它。

「我可不想嘗。倒是你，被砍了兩次，好像已經產生免疫力，很好。」

瞬間，怪物真的很想殺了冷言冷語的朱雀。

如烈火般熊熊燃燒起來的怒氣，急速冷卻。

看怪物散發出來的氛圍驀然改變了，朱雀才聳聳肩，走到尸櫻看不見的森林盡頭。

他把怪物放在堆積如茵的花瓣上，坐在附近的櫻花樹下，把大刀放在身旁，蹺起了腳。

怪物氣喘吁吁，狠狠瞪著朱雀。

「喂……」

同袍只用眼神回應，怪物浮現厲色。

「發生了什麼事？」

「——」

朱雀沉默以對。

夕陽色的眼睛閃過厲光。

「那真的是晴明嗎？」

這次有了簡短的答案。

「那是晴明。」

在紫色櫻花飄舞中，朱雀的雙眸蒙上了陰影。

怪物使出渾身力量撐起身體，又問了一次：

「那真的是被我們當成主人的安倍晴明嗎？」

淡金色的眼眸微微震盪搖曳。

朱雀沒有回應。
那就是答案。

後記

這次的後記也只有一頁。所以，身為廣告業務員的結城要公告周知。

角川文庫在一月二十五日發行了《少年陰陽師　天狐之章・一　真紅之空》。終於在角川文庫也進入了第三章。題外話，《天狐之章》這個名字，很酷吧（笑）？二月二十七日出版了單行本《幽暗綻放之花　陰陽師・安倍晴明》。在《數位野性時代》連載的東西，正在增修中。還有，角川文庫將在三月二十五日發行《我將顛覆天命》。在短短三個月內，將發行四本陰陽師，簡直是驚濤駭浪。

從春天就有好兆頭呢，請大家多多關照指教。

從這裡開始，我又變成作家結城了。感謝大家寫給我的賀年卡和信。

尸櫻篇第三集好看嗎？若能收到來信，知道大家對真紅、幽暗、天命的感想，對我來說將是無上的鼓勵。尸櫻篇與怪物血族，我都會繼續努力。

那麼，期待下一本書再見了。

結城光流

少年陰陽師
しょうねん　おんみょうじ

颯峰篇

貳拾柒 狂風之劍　貳拾捌 真心之願　貳拾玖 消散之印

叁拾 玄天之渦　叁拾壹 神威之舞

雖然外表像一個普通少年，但昌浩遇過的妖怪卻早已多到嚇死人。不過他畢竟才出道一年，像這樣被一大群憤怒的「天狗」包圍還是頭一遭。

戴著高高鼻子紅臉面具，全身盔甲，背上長了一對巨大翅膀的山妖「天狗」從不下山的，這回卻全員出動，因為總領的獨生子疾風中了人類術士的咒法後，竟然失蹤了！

不知為何，昌浩竟被當成了那個邪惡術士，使者颯峰更威脅，四天之內如果找不到疾風，總領就會颳起大龍捲風毀掉世界……

少年陰陽師
しょうねん　おんみょうじ

竹籠眼篇

參拾貳 夕暮之花　參拾參 微光潛行　參拾肆 破暗之明

參拾伍 心願之證　參拾陸 朝雪之約

大哥成親遭到疫鬼附身，大伯吉平則被人下毒差點沒命，安倍家最近實在不安寧！
正當眾人忙得焦頭爛額的時候，沒想到下一個倒楣的就是昌浩！一個白髮紅眼、相貌詭異的男人一見到昌浩，便要取他的性命！無力招架的昌浩岌岌可危，千鈞一髮之際，一名年紀相仿的少女出手救了他。
然而麻煩還沒結束，這位靈力強大的少女雖然解救了昌浩，卻帶來另一個更讓人不知所措的震撼消息！昌浩還來不及反應，皇宮中，卻早有另一股勢力悄悄盯上了安倍家……

國家圖書館出版品預行編目資料

少年陰陽師. 叁拾玖, 妖花之塚 / 結城光流著 ; 涂愫芸譯. -- 初版. -- 臺北市 : 皇冠, 2015.01
面 ; 公分. -- (皇冠叢書 ; 第4446種)(少年陰陽師 ; 39)
譯自 : 少年陰陽師39 : うごもつ蔽に捧げもて
ISBN 978-957-33-3129-2(平裝)

861.57　　　　103025843

皇冠叢書第4446種
少年陰陽師 39

少年陰陽師——
妖花之塚

少年陰陽師39
うごもつ蔽に捧げもて

作　　者—結城光流
譯　　者—涂愫芸
發 行 人—平雲
出版發行—皇冠文化出版有限公司
台北市敦化北路120巷50號
電話◎02-27168888
郵撥帳號◎15261516號
皇冠出版社(香港)有限公司
香港上環文咸東街50號寶恒商業中心
23樓2301-3室
電話◎2529-1778　傳真◎2527-0904
責任主編—盧春旭
責任編輯—王瑋琦
美術設計—王瓊瑤
著作完成日期—2013年
初版一刷日期—2015年1月

法律顧問—王惠光律師

讀者服務傳真專線◎02-27150507
電腦編號◎501039
ISBN◎978-957-33-3129-2
Printed in Taiwan
本書特價◎新台幣199元/港幣67元

《芬芳》

1. 您從何處得知本書？（可複選）
□書店 □宣傳活動 □報章雜誌 □郵購DM □網站
□書評或書介 □親友介紹 □其他：________

2. 您購買本書的動機？（可複選，請以1.2.3……排優先序）
□封面 □書名 □內容題材 □作者 □廣告
□系列規劃 □促銷活動 □其他：________

3. 您通常透過哪些管道購書？（可複選）
□書店 □便利商店 □量販店 □網路 □信用卡銀行郵購
□郵購型錄 □劃撥郵購 □團體訂購 □其他：________

4. 您對本書的意見：________

【讀者資料】

姓名：________ 身分證字號：________

性別：□男 □女 生日：____年____月____日

學歷：□國小或以下 □國中 □高中職 □大專 □研究所

通訊地址：□□□ ________

聯絡電話：（公）________ 分機____ （宅）________

e-mail：________

◎請沿虛線剪開、對摺、裝訂後寄出。

◎請沿虛線剪開、對摺、裝訂後寄出。

皇冠文化集團50週年回饋大抽獎獎項

◎首　獎一名：獨得現金新台幣50萬元整。
◎金典獎一名：獨得達克公爵總值10萬元產品一組
（包含鑽錶、斜背包、後背包、毛皮草側肩包、公事包、皮夾、拉桿箱、抱枕心、洋傘、手機袋等。）
◎銀爵獎一名：獨得達克公爵總值8萬元產品一組（包含鑽錶、公事包、旅行袋、後背包、水桶包、皮夾等。）
◎皇品獎一名：獨得達克公爵總值5萬元產品一組（包含公事包、側肩包、後背包、旅行袋、皮夾、短夾等。）
◎尊御獎一名：獨得達克公爵總值3萬元產品一組（包含大型旅行袋、後背包、萬用皮夾、筆記本、洋傘等。）
◎八銅獎一名：獨得達克公爵總值2萬元產品一組（包含大型旅行袋、後背包、中性襪等。）
◎歷史獎一名：獨得皇冠出版《全新吳姐姐講歷史故事》一套50本。
◎歡樂獎三名：各得侯文詠、蔡康永的有聲書《歡樂三國志》一套20集。
◎傾城獎十名：各得皇冠出版《張愛玲典藏全集》精裝版一套14本。
◎公爵獎五十名：各得達克公爵總值5000元產品一組
（A. 萬用包＋抗UV洋傘，共30名。B. 筆記本＋相片鑰匙圈，共20名。）
◎御鴨獎一百名：各得達克公爵價值2500元零錢包一個。
◎慶生獎一百名：各得達克公爵鑰匙圈＋中性襪或女網襪一組。
◎好看獎一百名：各得皇冠雜誌半年份。
◎讀樂獎一百名：各得皇冠叢書讀樂禮金500元。
◎經典獎一百名：各得《世界十大間諜小說經典》一套10本。

●獎金總值達13333元者，須扣繳15%機會中獎所得稅。●同一讀者以得一獎為限，以較高金額的獎項為準。
●所有獎項以實物為準，照片僅供參考。●皇冠文化集團及協力廠商之員工及其直系親屬不得參加抽獎。
●本抽獎活動僅限台灣地區讀者參加。

北區郵政管理局登
記證北台字1648號
免　貼　郵　票

〔限國內讀者使用〕

105
台北市敦化北路120巷50號
皇冠文化出版有限公司　收